O PONCHE DOS DESEJOS

Este livro pertence a:

O PONCHE DOS DESEJOS
Michael Ende

Tradução
GLÓRIA PASCHOAL DE CAMARGO

Revisão e texto final
MONICA STAHEL

Esta obra foi publicada originalmente em alemão com o título
DER SATANARCHÄOLÜGENIALKOHÖLLISCHE WUNSCHPUNSCH
por K. Thienemanns Verlag, Stuttgart, em 1989.
Copyright © 1989 by K. Thienemanns Verlag in Stuttgart – Wien.
Copyright © 1996, Livraria Martins Fontes Editora Ltda.,
São Paulo, para a presente edição.

1ª edição 1996
2ª edição 2013
2ª tiragem 2024

Tradução
GLÓRIA PASCHOAL DE CAMARGO

Revisão da tradução e texto final
Monica Stahel
Revisão
Helena Guimarães Bittencourt
Produção gráfica
Geraldo Alves
Paginação
Studio 3 Desenvolvimento Editorial

Dados Internacionais de Catalogação na Publicação (CIP)
(Câmara Brasileira do Livro, SP, Brasil)

Ende, Michael
O ponche dos desejos / Michael Ende ; tradução Glória Paschoal de Camargo ; revisão de texto Monica Stahel. – 2ª ed. – São Paulo : Editora WMF Martins Fontes, 2013.

Título original: Der Satanarchäolügenialkohöllische Wunschpunsch.
ISBN 978-85-7827-764-2

1. Feitiçaria 2. Ficção alemã 3. Histórias de humor I. Título.

13-11190   CDD-833

Índices para catálogo sistemático:
1. Ficção : Literatura alemã   833

Todos os direitos desta edição reservados à
Editora WMF Martins Fontes Ltda.
Rua Prof. Laerte Ramos de Carvalho, 133 01325.030 São Paulo SP Brasil
Tel. (11) 3293.8150 e-mail: info@wmfmartinsfontes.com.br
http://www.wmfmartinsfontes.com.br

MICHAEL ENDE, nascido em 1929, é hoje um dos autores alemães mais conhecidos e, ao mesmo tempo, mais universais. Além de livros para crianças e jovens, Ende também escreveu para adultos, é autor de peças de teatro e poesia. Muitos de seus livros foram filmados ou adaptados para rádio e televisão. Recebeu vários prêmios alemães e internacionais de literatura. Suas obras foram traduzidas para mais de 30 idiomas e o conjunto de suas edições chega a mais de 5 milhões de exemplares. Michael Ende faleceu em 28 de agosto de 1995.

Índice

Cinco horas	1
Cinco e oito	3
Cinco e onze	5
Cinco e vinte e três	15
Cinco e trinta	24
Cinco e quarenta e cinco	28
Cinco e cinquenta	31
Seis horas	32
Seis e cinco	34
Seis e quinze	42
Seis e vinte	45
Seis e trinta	51
Seis e trinta e cinco	54
Seis e quarenta	59
Seis e quarenta e cinco	62
Seis e cinquenta	66
Sete horas	70
Sete e cinco	71

Sete e dez	76
Sete e quinze	80
Sete e vinte	83
Sete e vinte e três	85
Sete e vinte e cinco	86
Sete e trinta	94
Sete e trinta e quatro	99
Sete e quarenta	103
Sete e quarenta e cinco	105
Sete e cinquenta	112
Oito horas	117
Oito e cinco	124
Oito e quinze	128
Oito e trinta	133
Oito e quarenta e cinco	138
Nove horas	143
Nove e quinze	147
Nove e vinte	151
Nove e trinta	156
Nove e quarenta e cinco	162
Dez horas	164
Dez e quinze	167
Dez e trinta	171
Dez e quarenta	175
Dez e cinquenta e seis	182
Onze e oito	188
Onze e quinze	192
Onze e vinte e seis	196
Onze e trinta e seis	199
Onze e quarenta e cinco	203
Onze e quarenta e nove	205
Onze e cinquenta e dois	208
Onze e cinquenta e seis	210
Doze horas	211

Naquela última tarde do ano já havia escurecido bastante, mais cedo do que normalmente. Nuvens escuras encobriam o céu, e fazia horas que uma tempestade de neve caía sobre o Parque Morto.

No interior da Vila Pesadelo nada se movia, a não ser o fogo bruxuleante, com suas chamas verdes brilhando na lareira e mergulhando o laboratório mágico numa luz fantasmagórica.

O relógio pendurado acima da lareira acionou sua engrenagem ruidosa. Era uma espécie de relógio cuco, só que, em vez de passarinho, o que saía da casinha era um dedão machucado, que levava batidas de um martelo.

– Ai! – disse o dedão. – Ai! Ai! Ai! Ai!

Portanto, eram cinco horas.

2

Em geral, o Conselheiro Secreto de Magias, Belzebu Errônius, ficava de bom humor quando ouvia as batidas. Mas naquela noite de São Silvestre, a última do ano, o Conselheiro lançou um olhar aflito para o relógio. Fez um sinal com a mão para ele parar e escondeu-se no meio da fumaça de seu cachimbo. Com a expressão anuviada, ele fitava o vazio, pensativo. Sabia que grandes transtornos o aguardavam, e muito em breve, o mais tardar à meia-noite – na virada do ano.

O mágico estava sentado numa poltrona ampla, de encosto alto, que tinha sido feita quatrocentos anos atrás, com tábuas de caixão, por um vampiro com aptidões para marceneiro. As almofadas, já meio gastas, eram de pele de lobisomem. Aquele móvel era herança de família, e Errônius o conservava com respeito, embora fosse um homem de ideias avançadas, que acompanhava a evolução dos tempos – pelo menos quanto à sua atividade profissional.

O cachimbo que estava fumando representava uma pequena cabeça de defunto, cujos olhos de vidro verde se iluminavam a cada baforada. As nuvenzinhas de fumaça formavam no ar todo tipo de figuras estranhas: números e fórmulas, serpentes se enrolando, morcegos, fantasminhas, mas principalmente pontos de interrogação.

Belzebu Errônius suspirou fundo, levantou-se e começou a andar de um lado para outro em seu laboratório. Com certeza iam exigir uma prestação de contas. Com quem será que ele teria de se entender? O que poderia dizer em sua defesa? E, sobretudo, será que iam aceitar suas desculpas?

Sua figura esguia e ossuda estava metida num roupão pregueado, de seda verde-veneno. (Verde-veneno era a cor favorita do Conselheiro Secreto de Magias.) Sua cabeça era pequena, calva e tinha um aspecto meio enrugado, como se fosse uma maçã seca. Sobre seu nariz adunco apoiavam-se óculos de aros pretos com lentes grossas como lupas, que aumentavam assustadoramente o tamanho de seus olhos. Suas orelhas de abano pareciam asas de tacho, e sua boca era tão estreita, que parecia um talho feito no rosto com lâmina de barbear. Na verdade, Errônius não era exatamente o tipo de sujeito em quem se confiaria à primeira vista. Mas isso não o incomodava nem um pouquinho; ele nunca tinha sido uma pessoa sociável. Preferia ficar o mais possível sozinho, agindo às escondidas.

De repente ele parou de andar e coçou a careca, pensativo.

– Pelo menos o Elixir Número 92 eu devia terminar hoje sem falta – murmurou –, pelo menos isso. Se aquele maldito gato não se intrometer de novo...

4

O mago foi até a lareira.

No meio das chamas verdes, sobre um tripé de ferro, havia um caldeirão de vidro, onde fervia um caldinho de aparência nojenta: preto como breu e viscoso como gosma de lesma. Enquanto Errônius mexia aquela coisa com um bastão de cristal de rocha, auscultava com o pensamento perdido o bramido e os gemidos da tempestade de neve que sacudia as folhas das janelas.

Infelizmente, o caldo ainda precisava borbulhar por um bom tempo, até ficar bem cozido e sofrer a devida transformação.

Quando o elixir ficasse pronto, resultaria num líquido totalmente sem gosto, que poderia ser misturado a qualquer comida ou bebida. Todas as pessoas que o tomassem passariam a acreditar que tudo o que Errônius produzisse serviria ao progresso da humanidade. O mago pretendia distribuir o elixir logo depois do Ano-Novo, em todos os supermercados da cidade, onde seria vendido com o nome de "Dieta da Restauração".

Mas ainda não havia chegado a hora. A coisa precisava de tempo – e essa era exatamente a questão.

O Conselheiro Secreto de Magias deixou o cachimbo de lado e percorreu com o olhar o laboratório meio às escuras. O reflexo do fogo esverdeado oscilava sobre os montes de livros velhos e novos onde estavam todas as fórmulas e receitas que Errônius utilizava em suas experiências. Nos cantos escuros da sala reluziam misteriosamente retortas, vidros, frascos e tubos espirais, nos quais líquidos de todas as cores subiam e caíam, pingavam e vaporizavam. Além disso, havia um computador e aparelhos elétricos, nos quais brilhavam continuamente minúsculas lampadazinhas, e que emitiam chiados e zunidos. Num nicho escuro flutuavam constantemente bolinhas luminosas vermelhas e azuis, que subiam e desciam sem fazer ruído; num recipiente de cristal rodopiava uma fumaça estranha, que de tempos em tempos tomava a forma de uma fantasmagórica flor reluzente.

Como já dissemos, Errônius acompanhava o desenvolvimento do mundo moderno e, em muitos aspectos, até se adiantava a ele.

Quanto a seus prazos, no entanto, estava irremediavelmente atrasado.

Uma tosse leve o assustou. O mago se virou.
Havia alguém sentado na velha poltrona.
"Ah", ele pensou, "é agora. É só não dar o braço a torcer!"
Um mago, afinal, especialmente do tipo de Errônius, está acostumado a toda espécie de criaturas estranhas, que surgem muitas vezes sem se

anunciar e sem terem sido chamadas. Geralmente são espíritos que trazem a cabeça debaixo do braço, ou seres colossais com três olhos e seis mãos, ou dragões que cospem fogo, ou qualquer outro tipo de monstruosidade. Essas coisas não teriam assustado nem um pouquinho o Conselheiro Secreto de Magias, pois faziam parte de seu dia a dia, ou melhor, de seu noite a noite.

Mas aquele visitante era bem diferente. Tinha a aparência de qualquer pessoa que passa pela rua, muito normal – aliás, estranhamente normal. E isso deixou Errônius transtornado.

O sujeito estava usando um casaco preto muito alinhado, um chapéu preto na cabeça e segurava uma pasta preta apoiada no colo. Seu rosto era totalmente inexpressivo e muito pálido, quase branco. Seus olhos sem cor eram um pouco saltados, e ele os arregalava sem piscar. Não tinha pálpebras.

Errônius tomou impulso e dirigiu-se ao visitante.

– Quem é o senhor? O que está fazendo aqui?

O outro não respondeu de imediato. Encarou seu oponente por um tempinho com aqueles olhos frios, até responder com uma voz inexpressiva:

– Tenho o prazer de estar me dirigindo ao Conselheiro Secreto de Magias, Professor Doutor Belzebu Errônius?

– O próprio. E então?

– Permita que me apresente.

Sem se levantar da poltrona, o visitante ergueu um pouco o chapéu; por um momento, deu para ver em seu crânio branco e liso duas pequenas protuberâncias avermelhadas, que pareciam dois abcessos.

– Meu nome é Vérminus... Maledictus Vérminus, às suas ordens.

O mago continuava decidido a não se deixar intimidar.

– E o que lhe dá o direito de me importunar?

– Oh – disse o sr. Vérminus, sem sorrir –, se me permite a observação, justamente o senhor não deveria fazer uma pergunta tão idiota.

Errônius apertou tanto os dedos, que eles estalaram.

– Por acaso o senhor vem da parte de...?

– Exatamente – confirmou o homem –, venho de lá.

Dizendo isso, apontou com o dedão para baixo.

Errônius engoliu em seco e calou-se. O outro continuou:

– Venho representando Sua Excelência Infernal, seu muito venerado protetor.

O mago tentou simular um sorriso satisfeito, mas seus dentes pareciam ter colado de repente. Só com muito esforço conseguiu dizer: – Quanta honra!

– Pois é, caro senhor – respondeu o visitante –, venho da parte do Senhor Ministro das Trevas Extremas, de Sua Excelência Belzebu, cujo nome o senhor goza o privilégio imerecido de usar. A minha insignificância é apenas um órgão executor da mais baixa categoria. Quando eu tiver levado a bom termo minha missão, para satisfação de Sua Excelência, então poderei esperar ser promovido... talvez até mesmo a espírito inoportuno com repartição própria.

– Parabéns, sr. Vérminus. E... em que consiste sua missão? – gaguejou Errônius, que agora parecia meio esverdeado.

– Estou aqui – explicou o sr. Vérminus – em missão judicial, exercendo a função de oficial de justiça.

O mago deu uma tossidinha, pois sua voz estava engasgada.

– Afinal de contas, por todos os buracos negros do universo, o que o senhor quer de mim? Por acaso penhorar alguma coisa? Deve haver algum engano nisso tudo.

– Logo veremos – disse o sr. Vérminus.

Ele tirou um documento de sua pasta preta e estendeu-o para Errônius.

– Sem dúvida conhece esse contrato, caro sr. Conselheiro de Magias. O senhor mesmo o fez com meu chefe e o assinou de próprio punho. Ele reza que da parte de Seu Protetor lhe são concedidos neste século poderes excepcionais, poderes realmente excepcionais sobre toda a natureza e todos os seres vivos. Por outro lado, o senhor se obriga a destruir, até o fim de cada ano, direta ou indiretamente, dez espécies de animais, sejam borboletas, peixes ou mamíferos, a envenenar cinco rios, ou cinco vezes o mesmo rio, e também a acabar com pelo menos dez mil árvores etcétera e tal, até os últimos itens: disseminar a cada ano pelo menos *uma* nova praga no mundo, que acabe com seres humanos ou animais, ou com ambos ao mesmo tempo. E finalmente: manipular o clima de sua terra de tal modo que as estações do ano se atrapalhem e que haja períodos ou de seca, ou de inundações. Só foram cumpridas metade dessas obrigações durante este ano, meu caro senhor. Meu chefe acha isso muito, muito deplorável. Ele está, como direi, indignado. E o senhor sabe o que isso significa para Sua Excelência. Tem algo a dizer a respeito?

Errônius, que já havia tentado interromper o visitante várias vezes, desandou a falar:

– Mas o ano ainda não acabou! Por toda dioxina, estamos na véspera do Ano-Novo. Ainda tenho tempo até a meia-noite.

O sr. Vérminus o encarou com seu olhar sem pálpebras.

– Sem dúvida – ele deu uma olhadinha para o relógio. – E o senhor pretende... reparar isso tudo nessas poucas horas que restam? Realmente?

– Mas é claro! – latiu Errônius, com voz rouca. Mas depois baixou a cabeça e murmurou a meia-voz: – Não, impossível.

O visitante levantou-se e aproximou-se de uma parede perto da lareira, onde se encontravam pendurados ordenadamente todos os diplomas de títulos do Conselheiro Secreto de Magias. Como todos os outros de sua espécie, Errônius dava muita importância a esses títulos. Um dos diplomas, por exemplo, era de "M.A.Ma.Ne." (Membro da Academia de Magia Negra), outro era de "Dr.h.c." (Doutor horroris causa), um terceiro de "Doc.Pr.p.I." (Docente Privado para Infâmias), outro ainda de "M.d.B.O." (Membro da Bruxaria Organizada). E havia muitos outros.

– Bem, ouça, por favor – disse Errônius. – Vamos falar objetivamente. De fato, não depende apenas da minha maldade, pois ela existe em quantidade mais que suficiente, pode acreditar.

– É mesmo? – perguntou o sr. Vérminus.

O mago enxugou com um lenço o suor frio de sua careca.

– Vou reparar tudo o mais rápido possível, Sua Excelência pode crer. Diga-lhe isso, por favor.

– Reparar? – perguntou o sr. Vérminus.

– Droga, maldição – gritou Errônius –, foram as circunstâncias que me impediram de cumprir meu dever contratual no devido tempo. Uma pequena prorrogação e tudo vai se acertar de novo.

– Circunstâncias? – repetiu o sr. Vérminus, enquanto estudava sem interesse aparente os outros diplomas. – Que circunstâncias?

O mago se aproximou dele por trás e dirigiu-se ao chapéu preto:

– Provavelmente o senhor mesmo sabe o quanto tenho produzido nos últimos anos. Sempre muito mais do que exige meu dever contratual.

O sr. Vérminus virou-se e lançou um olhar gelado para o rosto de Errônius.

– Digamos que tenha sido o suficiente...

Em seu medo, o Conselheiro Secreto de Magias estava cada vez mais falador, até que por fim se embaraçou todo:

– Na verdade, é impossível conduzir uma guerra destrutiva sem que o inimigo, mais cedo ou mais tarde, acabe percebendo. Exatamente agora, apesar de todos os meus esforços especiais, a natureza está começando a se armar. Ela está se aprontando para revidar, e só não sabe exatamente contra quem deve lutar. Os primeiros que começaram a se rebelar foram, naturalmente, os espíritos elementares, os gnomos, as ondinas e os elfos. Afinal, eles são os mais espertos. Tive muito trabalho e levei muito tempo para conseguir aprisionar e tornar inofensivos todos aqueles que descobriram alguma coisa sobre nós e que poderiam se tornar perigosos para nossos planos. Infelizmente, não é possível aniquilá-los, porque são imortais, mas consegui prendê-los e imobilizá-los com minhas forças mágicas. Aliás, é uma coleção digna de ser vista... ali no corredor, caso queira se certificar, sr. Larvus...

– Vérminus – disse o visitante, sem aceitar o convite.

– Como? Ah, sim, claro... sr. Vérminus. Desculpe.

O mago deu uma risadinha nervosa:

– Os espíritos elementares restantes ficaram assustados e, com isso, simplesmente se retiraram para os confins do mundo. Deles, portanto, estamos livres. Só que, nesse meio-tempo, os animais começaram a desconfiar. Convocaram um Conselho Supremo, que decidiu enviar observadores secretos para todos os lados, a fim de descobrirem a causa do mal. Infelizmente, também estou com um desses espiões em casa, há mais ou menos um ano. Trata-se de um gatinho. Por sorte, não é dos mais espertos. Agora ele está dormindo. Caso o senhor queira dar uma olhada... Aliás, ele dorme muito, e isso não apenas por sua natureza.

O mago deu uma risadinha e continuou:

– Tenho me esforçado para que ele não perceba nada a respeito de minha verdadeira atividade. Ele nem desconfia que eu sei por que está aqui. Alimento-o muito bem e o mimo bastante, por isso ele acha que gosto de animais. Para dizer a verdade, o pobre cabeça-oca me venera. Mas o senhor há de entender, caro sr. Larvus...

– Vérminus! – disse o outro, dessa vez um pouco mais ríspido. Só as chamas inquietas do fogo na lareira iluminavam seu rosto, que agora parecia extremamente antipático.

O mago se desfez em cortesias.

– Perdão, perdão – ele disse, batendo com a mão na testa –, estou um pouco distraído, por causa do estresse. Tem sido muito desgastante para meus nervos ser obrigado a cumprir meus deveres e ao mesmo tempo enganar constantemente esse espião que tenho dentro de casa. Porque, apesar de ser tão burrinho, ele tem bons olhos e ouvidos, como todos os gatos. Tenho trabalhado sob circunstâncias bastante adversas, o senhor há de concordar. Sobretudo porque tudo isso, infelizmente, me tomou muito, muito tempo, caro senhor... ahn...

– Lamentável – interrompeu-o o sr. Vérminus –, realmente muito lamentável. Mas isso tudo é problema *seu,* meu caro. Não altera o contrato absolutamente em nada. Ou será que estou errado?

Errônius encurvou-se todo:

– Pode acreditar em mim, há muito tempo tenho vontade de arrancar as vísceras desse maldito gato, de assá-lo vivo no espeto ou de lhe dar um tremendo chute para fazê-lo parar na Lua, mas isso com certeza alertaria o Conselho Supremo dos Animais. Afinal, eles sabem que o gato está aqui. E é muito mais difícil acabar com animais do que com gnomos e outros seres da mesma ralé... ou até mesmo com pessoas. Aliás, com pessoas praticamente não há dificuldade. No entanto, por acaso o senhor já tentou hipnotizar um gafanhoto ou um javali? Impossível! Se de repente todos os animais do mundo, os maiores e os menores, se unissem e partissem juntos para cima de nós, não haveria mágica capaz de nos salvar! Por isso precisamos de muita cautela! Por favor, explique isso para Sua Excelência Infernal, seu honrado chefe e senhor.

O sr. Vérminus pegou sua pasta da poltrona e voltou-se mais uma vez para o mago:

– Não faz parte da minha função transmitir explicações.

– O que isso quer dizer? – gritou Errônius. – Sua Excelência precisa saber disso. Afinal, é do interesse dele. Além do mais, não consigo fazer bruxarias. Isto é, conseguir eu consigo, mas há limites, principalmente de tempo... até para mim. Além do mais, por que tanta pressa? De qualquer jeito o mundo está caminhando para o fim, nós estamos no caminho certo, e o que podem significar um ou dois aninhos a mais ou a menos?

– Quer dizer – disse o sr. Vérminus, respondendo à primeira pergunta de Errônius com uma cortesia glacial – que o senhor já foi avisado. À meia-noite em ponto, na virada do ano, eu volto aqui. Essa é minha missão. Se até lá o senhor não tiver realizado suas maldades previstas em contrato, então...

– Então o quê?

– Então – disse o sr. Vérminus –, sr. Mago Conselheiro, o senhor será oficialmente penhorado. Desejo-lhe uma ótima passagem de ano.

– Espere! – gritou Errônius. – Só mais uma palavrinha, por favor, sr. Larvus... ahn... sr. Vérminus...

Mas o visitante já havia desaparecido.

O mago se deixou cair na poltrona, tirou os grossos óculos e cobriu o rosto com as mãos. Se especialistas em magia negra soubessem chorar, com certeza ele o teria feito. De seus olhos, no entanto, brotaram apenas alguns grãozinhos de sal.

– E agora? – grunhiu. – Por todos os testes e torturas, e agora?

Magia, seja do bem ou do mal, não é coisa simples de jeito nenhum. A maioria dos leigos acha que é só murmurar uma fórmula mágica secreta, ou no máximo usar uma varinha mágica, fazendo alguns gestos como um regente de orquestra, e pronto: acontece a transformação, a aparição, ou qualquer coisa do gênero.

Mas não é bem assim. Na verdade, *qualquer* atividade de magia é muito complicada. É preciso ter um conhecimento enorme, uma quantidade infinita de equipamentos, de material que na maioria das vezes é muito difícil de arranjar, e muitos dias, às vezes muitos meses de preparo. Além disso, é preciso lembrar que a coisa toda *sempre* é muitíssimo perigosa, pois o menor erro pode ter consequências totalmente imprevisíveis.

Belzebu Errônius corria de lá para cá pelas salas e corredores de sua casa, com o roupão esvoaçando, buscando desesperadamente algum meio de salvação. Ele sabia muito bem que já era tarde demais para tudo. Gemia e suspirava como uma alma penada, ao mesmo tempo que falava sozinho. Seus passos ecoavam no silêncio da casa.

Ele não conseguiria cumprir o contrato, tratava-se agora apenas de salvar a própria pele, de conseguir se esconder do oficial de justiça infernal.

É claro que ele poderia se transformar, por exemplo, numa ratazana ou num boneco de neve... ou num campo eletromagnético (nesse caso, seria visto em todas as telas de televisão da cidade como uma interferência na imagem). Mas Errônius sabia muito bem que não poderia enganar assim o enviado de Sua Excelência Infernal, que o reconheceria sob qualquer forma que assumisse.

Do mesmo modo seria inútil tentar fugir para algum lugar bem distante, como o deserto do Sahara, o Polo Norte ou as montanhas do Tibete, pois distâncias não significavam nadinha para aquele visitante. Por um momento o mago pensou até mesmo em se esconder atrás do altar ou em uma das torres da catedral da cidade, mas abandonou de imediato a ideia, pois não achava que nos tempos atuais os enviados infernais tivessem alguma dificuldade em se movimentar à vontade por todos os lugares.

Errônius começou a percorrer a biblioteca, onde conviviam amontoados livros antiquíssimos e obras de consulta supermodernas. Ele percorria com a vista os títulos nas capas de couro dos livros. *Supressão do conhecimento, um curso para alunos avançados* era um dos títulos, e também havia o *Guia para o envenenamento de fontes* e a *Enciclopédia das maldições e dos feitiços,* mas nada que pudesse ajudar naquele momento de aflição.

Ele continuou a percorrer uma sala após a outra.

A Vila Pesadelo era como uma caixa imensa e sombria. Por fora era cheia de torrezinhas pontudas e de sacadas, por dentro cheia de salas angulosas, corredores tortuosos, escadas bambas e abóbadas entulhadas de teias de aranhas... exatamente como imaginamos uma verdadeira casa de bruxos. O próprio Errônius tinha desenhado a planta da casa, pois, no que dizia respeito à arquitetura, seu gosto era bem conservador. Nas horas de bom humor ele costumava chamar o casarão de "minha casinha confortável". Mas naquele momento ele estava bem longe desses gracejos.

O mago estava agora num corredor comprido e escuro, com as paredes cobertas de prateleiras com centenas de milhares de grandes vidros de conservas. Era a coleção que ele queria mostrar ao sr. Vérminus, e que chamava de seu Museu de Ciências Naturais. Em cada um daqueles vidros havia um espírito elementar aprisionado. Havia todos os tipos de anões, duendes e elfos das flores, ao lado de ondinas e pequenas ninfas com rabinhos de peixe, espíritos das águas e silfos, e até mesmo alguns espíritos do fogo, chamados de salamandras, que tinham se escondido na lareira de Errônius. Todos os vidros estavam etiquetados, com a definição do conteúdo e a data da captura anotadas.

As criaturas estavam sentadas, totalmente imóveis em suas prisões, pois o mago as havia submetido a uma hipnose duradoura e só as despertava quando pretendia fazer alguma de suas horríveis experiências com elas.

Aliás, havia entre elas um monstrinho abominável, um tal de crítico literário, também chamado de sabichão ou critiqueiro. Esses pequenos espíritos normalmente passam sua vida criticando livros. Até hoje não se conseguiu descobrir exatamente por que afinal essas criaturas existem, e o mago só o mantinha cativo para, através de longas observações, tentar descobrir isso. Tinha quase certeza de que poderia utilizá-lo de algum modo para atingir seus objetivos. Naquele momento, no entanto, nem ele o interessava mais. Por força do hábito, bateu com os nós dos dedos em alguns dos vidros. Não aconteceu absolutamente nada.

Finalmente, Errônius chegou a um quartinho, em cuja porta estava escrito:

Cantor de música de câmara Maurizio di Mauro

O pequeno cômodo tinha todo o luxo que um gato mimado poderia desejar. Havia várias poltronas velhas, para afiar as garras; por toda parte havia novelos de lã e outros brinquedos; sobre uma mesinha minúscula, havia um prato com creme de leite e vários quitutes apetitosos; havia até um espelho na altura de um gato, no qual o bichinho podia se admirar enquanto se limpava. O ponto alto era um cestinho confortável, em forma de cama, com dossel e cortinado azul.

Nessa caminha, dormia um gatinho gordo, todo enrolado. Bem, a palavra gordo talvez não seja adequada: o gato, na verdade, era redondo como uma bola. Como seu pelo era de três cores – marrom-ferrugem, preto e branco –, ele mais parecia uma almofada com excesso de enchimento, com quatro perninhas meio curtas e um rabo lamentável.

Quando Maurizio, pouco mais de um ano atrás, chegara ali a serviço do Conselho Supremo dos Animais, estava doente e maltratado, e era tão magro que dava até para contar suas costelas. No início, ele fingiu para o mago que tinha aparecido por acaso e foi se saindo muito bem. Mas, ao ver que, além de não ser expulso, estava sendo mimado até demais, esqueceu-se depressa de sua missão. Logo estava totalmente seduzido pelo homem. Aliás, não era difícil seduzi-lo. Era só utilizar o que lhe agradava e lhe proporcionar aquilo que ele imaginava que fosse um modo de vida refinado.

– Nós, da nobreza – ele explicara várias vezes para o mago –, sabemos exatamente o que é bom. Mesmo na miséria, mantemos o nível.

Esse era um de seus discursos favoritos, embora ele mesmo não soubesse bem o que aquilo significava.

Algumas semanas depois, ele dissera ao mago:

– Talvez a princípio o senhor tenha me tomado por um gato de rua qualquer. Não o censuro por isso. Afinal, como o senhor poderia imaginar que na verdade eu pertenço a uma antiga família de cavaleiros? Na família di Mauro houve também muitos cantores famosos. Talvez o senhor não acredite, porque minha voz tem andado meio ruim ultimamente – de fato, sua voz mais parecia de sapo do que de gato. Ele prosseguiu: – No entanto, já fui um famoso menestrel e conseguia com minhas canções amolecer os corações mais empedernidos. Aliás, meus antepassados são de Nápoles, conhecida como o berço de todos os cantores verdadeiramente grandiosos. O lema de nosso brasão era "beleza e ousadia", e todos os meus parentes sempre tiveram uma dessas qualidades. Mas então fiquei doente. Quase todos os gatos da região onde eu morava ficaram doentes de repente. Pelo menos os que tinham comido peixe. E peixe é a comida favorita dos gatos aristocráticos. Só que aqueles peixes estavam contaminados, porque o rio de onde vinham tinha sido envenenado. Por isso perdi minha voz maravilhosa. Quase todos os outros morreram. Agora, toda a minha família está junto do Grande Gato, no céu.

Embora Errônius fingisse estar abalado com a história, ele sabia muito bem como o rio tinha sido envenenado. Fingiu ter pena de Maurizio e até chegou a chamá-lo de "herói trágico", o que deixou o gatinho muito satisfeito.

– Se você quiser, e se confiar em mim – foram as palavras do mago –, vou cuidar para que se restabeleça e recupere sua voz. Mas vai precisar ter paciência, pois isso leva tempo. E terá de fazer tudo o que eu mandar. Combinado?

Claro que Maurizio concordou. Desde esse dia, ele passou a chamar Errônius de "caro Maestro". Raramente voltava a pensar na missão do Conselho Supremo dos Animais.

É claro que ele nem imaginava que Belzebu estava sabendo havia muito tempo, através de seu espelho negro e de outros meios de informação mágicos, por que o gato tinha sido enviado à sua casa. E o Conselheiro Secreto tinha resolvido, imediatamente, aproveitar-se da pequena fraqueza de Maurizio para torná-lo inofensivo, sem despertar suspeitas. De fato, o gatinho sentia-se no País das Maravilhas. Comia e dormia, dormia e comia, ficava cada vez mais gordo, cada vez mais acomodado, e até para caçar ratos ele se tornara preguiçoso demais.

Entretanto, ninguém, nem mesmo um gato, consegue dormir durante semanas e meses a fio, ininterruptamente. Assim, de vez em quando Maurizio se levantava e percorria a casa, com suas pernas curtas e aquela sua barriga já quase se arrastando no chão, de tão grande. Errônius precisava estar sempre atento para não ser surpreendido no meio de uma de suas bruxarias. Exatamente isso o tinha levado ao estado desesperador em que se encontrava agora.

Por isso, lá estava ele, diante da caminha com dossel, olhando com impulsos assassinos para a bola de pelos colorida que respirava ali deitada.

– Maldito gato – sussurrou –, é tudo culpa sua!

O gatinho começou a ronronar no meio do sono.

– Se eu estiver mesmo perdido – murmurou Errônius –, pelo menos ainda quero ter o prazer de quebrar seu pescoço.

Seus dedos longos e ossudos apalparam o pescoço de Maurizio, que, sem acordar, virou-se de barriga para cima, esticou-se todo e ofereceu seu pescoço ao carinho.

O mago recuou.

– Não – ele disse, baixinho –, não vai adiantar nada. Além disso, ainda me resta algum tempo.

Pouco depois, o mago estava sentado de novo em seu laboratório, escrevendo à luz de uma lâmpada sobre a mesa.

Tinha decidido fazer seu testamento. Com sua letra floreada e nervosa, escrevia numa folha de papel:

Meu último desejo
Em pleno gozo de minhas faculdades mentais, eu, Belzebu Errônius, Conselheiro Secreto de Magias, Professor, Doutor e assim por diante... no dia de hoje completando cento e oitenta e sete anos, um mês e duas semanas...

Ele interrompeu e começou a mastigar sua caneta-tinteiro, que tinha ácido prússico servindo de tinta.

— Realmente uma bela idade — murmurou —, mas para os de minha estirpe continuo sendo jovem, pelo menos jovem demais para ir para o inferno.

Sua tia, por exemplo, a feiticeira, já completara quase trezentas primaveras e continuava extremamente ativa na profissão.

Ele teve um sobressalto, pois o gatinho pulou de repente em cima da mesa, bocejou, desenrolou a língua graciosamente, se esticou para um lado e para o outro e deu alguns espirros fortes.

– Miau! – ele miou. – Que fedor é esse?

Sentou-se bem no meio do testamento e começou a se limpar.

– O sr. Mestre-cantor dormiu bem? – perguntou o mago, irritado, empurrando-o para o lado com um movimento meio brusco.

– Não sei – respondeu Maurizio, queixoso –, estou sempre tão cansado... Também não sei por quê. Quem esteve aqui nesse meio-tempo?

– Ninguém – resmungou o mago, com cara de poucos amigos. – Agora não me perturbe. Preciso trabalhar, e é urgente.

Maurizio deu uma cheirada no ar.

– Mas estou sentindo um cheiro muito esquisito. Algum estranho esteve aqui.

– Que nada! – disse Errônius.

– Você está imaginando coisas. E agora feche essa matraca.

O gato começou a limpar a cara com as patas, mas de repente se deteve e olhou para o mago, com os olhos arregalados.

– O que aconteceu, Maestro? O senhor parece terrivelmente deprimido.

Errônius fez um gesto nervoso, negando.

– Não aconteceu nada. Agora me deixe em paz, certo?

Maurizio não obedeceu. Pelo contrário, sentou-se de novo sobre o testamento, passou a cabeça pela mão do mago e rosnou baixinho.

– Já posso imaginar por que está triste, Maestro. Hoje, véspera de Ano-Novo, enquanto todo o mundo está festejando junto a noite de São Silvestre, o senhor está aqui, totalmente sozinho e abandonado. Sinto tanta pena!

– Eu não sou como todo o mundo – resmungou Errônius.

– Isso é verdade – concordou o gatinho. – O senhor é um gênio e um grande benfeitor dos homens e animais. E os que são realmente grandes estão sempre solitários. Sei bem o que é isso. Mas por acaso o senhor não estaria a fim de dar uma saidinha e se divertir um pouco? Com certeza isso lhe faria bem.

– Só podia ser ideia de felino – respondeu o mago, cada vez mais irritado. – Eu não gosto de festas.

– Ora, Maestro – continuou Maurizio, todo animado –, não dizem por aí que alegria dividida é alegria dobrada?

Errônius bateu com a mão na mesa.

– Está comprovado cientificamente – disse ele, mordaz – que a parte sempre é menor que o todo. Não divido nada com ninguém, anote bem isso!

– Tudo bem – respondeu o gato, assustado. E depois acrescentou, em tom lisonjeiro: – Afinal, o senhor tem a mim.

– É – rosnou o mago –, estava mesmo sentindo sua falta até agorinha há pouco.

– Verdade? – exclamou Maurizio, satisfeito. – Sentiu falta de mim?

Errônius fungou, impaciente.

– Agora desapareça daqui! Suma! Vá para seu quarto! Preciso pensar. Estou com problemas.

– Posso ajudá-lo em alguma coisa, Maestro? – ofereceu-se o gatinho, todo solícito.

O mago gemeu e revirou os olhos.

– Bom, vá lá – ele suspirou. – Se você quer mesmo, então dê uma mexida na Elixir Número 92, que está fervendo no caldeirão da lareira. Mas cuidado para não cochilar de novo e deixar acontecer algum desastre.

Maurizio saltou da mesa, dirigiu-se à lareira com suas perninhas curtas e agarrou com as patas da frente o bastão de cristal de rocha.

– Com certeza trata-se de um medicamento importante – supôs, enquanto começava a mexer com cuidado. – Seria um remédio para minha voz, pelo qual o senhor anda procurando há tanto tempo?

– Quer fazer o favor de ficar quieto? – ordenou o mago.

– Pois não, Maestro – respondeu Maurizio, obediente.

Tudo ficou em silêncio. Só se ouvia o assobio da tempestade de neve lá fora.

– Maestro – voltou a se manifestar o gatinho, quase sussurrando. – Maestro, tenho uma coisa para lhe confessar.
Errônius não respondeu, apenas apoiou a cabeça na mão, com um gesto de exaustão.
Maurizio continuou, agora um pouco mais alto:
– Tenho de lhe contar uma coisa que está há muito tempo pesando em minha consciência.
– Consciência... – disse Errônius, franzindo a boca. – Vejam só, até gatos têm consciência.
– É isso mesmo – assegurou Maurizio, sério. – Talvez nem todos, mas eu, com certeza. Afinal, sou descendente de uma estirpe nobre de cavaleiros.
O mago recostou-se na cadeira e fechou os olhos, com uma expressão de sofrimento.
– É o seguinte – explicou Maurizio, hesitante –, não sou quem pareço ser.
– E quem o é, afinal – disse Errônius, ambíguo.

O gato continuou a mexer o caldeirão, olhando fixamente para o caldo escuro.

– Durante todo esse tempo que estive aqui, escondi uma coisa do senhor, Maestro. Estou terrivelmente envergonhado, por isso decidi lhe contar tudo nesta noite especial.

O mago abriu os olhos e observou Maurizio através das grossas lentes de seus óculos. Seus lábios tinham um quê de ironia, mas o gatinho não percebeu.

– O senhor sabe melhor do que qualquer outro, Maestro, que no mundo todo está acontecendo uma coisa muito ruim. Cada vez mais criaturas adoecem, cada vez mais árvores morrem, cada vez mais águas são envenenadas. Por isso, nós, animais, convocamos há muito tempo uma grande assembleia, secreta, é claro, e nela ficou decidido que deveríamos descobrir quem era o causador de toda essa desgraça. Então, nosso Conselho Supremo enviou para toda parte agentes secretos, que deveriam observar o que estava acontecendo. Assim cheguei aqui, caro Maestro. Para espioná-lo.

Ele fez uma pausa e olhou para o mago, com os olhos arregalados e brilhantes.

– Acredite – continuou então –, foi muito penoso para mim, pois essa atividade vai contra minhas nobres convicções. Eu o fiz apenas porque devia. Era minha obrigação diante dos outros animais.

Novamente fez uma pausa e, depois, acrescentou, em voz um pouco mais baixa:

– O senhor está muito bravo comigo?

– Não se esqueça de continuar mexendo! – disse o mago, que, apesar de seu estado de espírito sombrio, teve de se esforçar para conter um risinho.

– O senhor me perdoa, Maestro?

– Está bem, Maurizio, eu o perdoo. Vamos jogar uma pedra sobre isso!

– Oh – suspirou o gatinho, comovido –, que nobre coração! Assim que eu estiver bem de novo e não me sentir tão cansado, irei até o Conselho Supremo dos Animais para dizer que o senhor é uma pessoa exemplar. Prometo fazer isso no ano que vem.

Essa última observação fez voltar o mau humor do mago.

– Chega de falar besteira! – ele gritou, rispidamente. – Você está me deixando nervoso com essa história.

Maurizio calou-se, perplexo. Não conseguia entender aquela hostilidade repentina de seu Maestro.

Nesse momento, bateram à porta.

O mago endireitou-se.
Bateram pela segunda vez, forte e claramente. Maurizio tinha parado de mexer e comentou, ingenuamente:
– Maestro, acho que bateram na porta.
– Psiu! – sibilou ele. – Quieto! O vento ruge nas venezianas.
– Ainda não! – rangeu Errônius. – Por todas as clavas químicas, isso não é justo!
Bateram pela terceira vez e agora com uma certa impaciência.
O mago tapou os ouvidos com as duas mãos.
– Deixem-me em paz! Não estou em casa.
As batidas tornaram-se mais fortes, e, em meio ao barulho da tempestade lá fora, ouvia-se uma voz grasnante, incompreensível, e que soava irritada.
– Maurizio – cochichou o mago –, meu gatinho querido, você me faria o favor de abrir e dizer que eu tive de viajar de repente? Diga apenas que fui visitar minha velha tia Tirânia Vampíria, para festejarmos juntos a passagem de ano.
– Mas, Maestro – disse o gato, admirado –, isso seria uma mentira deslavada. O senhor seria capaz de exigir isso de mim?

O mago voltou os olhos para o céu e gemeu.

– Eu é que não posso ir até lá e dizer isso pessoalmente!

– Está bem, Maestro. Pelo senhor faço qualquer coisa.

Maurizio trotou até a porta de entrada, usou de todas as suas forças para empurrar um banco até debaixo do trinco, virou a chave imensa na fechadura e pendurou-se na maçaneta. Uma rajada de vento abriu a porta com violência e invadiu a sala, espalhando todos os papéis pelo laboratório e agitando as chamas verdes da lareira.

Mas não havia ninguém.

O gato avançou alguns passos, cauteloso, espiou para todos os lados, através da escuridão, voltou para dentro e sacudiu a neve do pelo.

– Nada – disse ele –, deve ter sido engano. Onde o senhor está, Maestro?

Errônius surgiu por trás da poltrona.

– Ninguém, mesmo? – ele perguntou.

– Ninguém – garantiu Maurizio.

O mago correu até a porta, fechou-a com estrondo e trancou-a. Depois voltou, deixou-se cair na poltrona e gemeu:

– Eles não podem esperar. Querem me deixar maluco já.

– Quem? – perguntou Maurizio, admirado. Daí bateram à porta de novo, desta vez furiosamente.

O rosto de Errônius transformou-se, expressando ao mesmo tempo medo e raiva. Não era uma visão agradável.

– Comigo não! – gritou. – Não, não comigo! Vamos resolver isso de uma vez.

Ele foi até o corredor e o gatinho seguiu atrás, ansioso.

O mago estava usando na mão esquerda um anel com um grande rubi. Naturalmente era uma pedra mágica, capaz de absorver e armazenar uma quantidade incrível de luz. Quando estava bem carregada, era uma arma destruidora.

Errônius levantou vagarosamente a mão, apertou um dos olhos, mirou e... um raio *laser* fininho e vermelho sibilou pelo corredor e atingiu a grossa porta de entrada, deixando nela um buraquinho fumegante e fininho como uma agulha. O mago atirou uma segunda vez, uma terceira, e continuou atirando, até a porta maciça ficar esburacada como uma peneira e a força do anel acabar.

– Bom, acabou-se – ele disse, respirando fundo. – Agora sossegou.

Ele voltou ao laboratório e sentou-se novamente à mesa, para continuar escrevendo.

– Mas, Maestro – gaguejou o gatinho, aturdido –, e se o senhor tiver acertado alguém lá fora?
– Levou o que merecia – resmungou Errônius. – Afinal, o que estava querendo na minha casa?
– Mas o senhor nem sabe quem era! Talvez fosse um amigo seu.
– Não tenho amigos.
– Ou alguém precisando de ajuda.
O mago deu um sorriso triste e breve.
– Você não conhece o mundo, meu caro. Quem atira primeiro atira melhor. Anote isso.
Nesse momento começaram a bater de novo.

Errônius ficou de queixo caído.
– A janela! – gritou Maurizio. – Maestro, acho que é na janela!
Ele saltou até o batente, abriu uma das folhas da janela e olhou para fora pela fresta da veneziana.
– Tem alguém sentado ali – murmurou. – Parece um pássaro, acho que é uma espécie de corvo.
Errônius continuou calado. Apenas levantou a mão, num sinal defensivo.

— Talvez se trate de uma emergência – disse o gatinho.

E, sem esperar pela ordem do mago, abriu a veneziana.

Junto com uma rajada de neve, voou para dentro do laboratório um pássaro, tão estropiado que mais parecia uma batata disforme na qual alguém tivesse espetado ao acaso algumas penas pretas. Ele aterrissou no meio da sala, vacilou um pouco sobre as pernas finas antes de conseguir parar, ajeitou as penas deploráveis e escancarou o bico grandão.

— Caramba! – ele guinchou, com uma voz impressionantemente forte. – Como vocês demoraram para abrir. Quase morri de tanto esperar. E ainda por cima atiraram em mim. Vejam só, acertaram todas as penas do meu rabo. Isso é jeito? Afinal, onde é que nós estamos?

De repente o pássaro percebeu que havia um gato encarando-o com os olhos brilhantes e esbugalhados. Ele meteu a cabeça entre as penas, ficando ainda mais corcunda, e grasnou num tom um pouco mais baixo.

— Ai, ai, um devorador de pássaros! Só faltava essa. Pois agradeço, isso ainda vai acabar mal.

Maurizio, que em sua vida curta nunca tinha pego uma única ave, muito menos um pássaro tão grande e tão assustador, a princípio nem entendeu do que o corvo estava falando.

– Olá! – ele miou, empertigado. – Seja bem-vindo, estranho!

O mago continuava encarando o estranho bicho de penas sem dizer uma palavra, e muito desconfiado.

O corvo sentia-se cada vez menos à vontade. Com a cabeça baixa, olhava ora para o gato, ora para o mago, e finalmente chiou:

– Se não se importam, eu pediria que um de vocês fechasse novamente a janela, pois não vem vindo ninguém atrás de mim, está uma corrente de ar horrível e eu sofro de reumatismo na asa esquerda.

O gato fechou a janela, saltou do parapeito, e começou a rodear o intruso, em grandes círculos. Só queria ver se estava faltando alguma coisa no corvo, mas o pássaro parecia estar entendendo o interesse de Maurizio de outro modo.

Nesse meio-tempo, Errônius conseguiu recuperar a fala.

– Maurizio – ordenou –, pergunte a esse vagabundo quem ele é e o que quer aqui.

– Meu bom Maestro quer saber – disse o gato, no tom mais cortês possível – qual seu nome e qual sua missão.

Enquanto dizia isso, ia andando em círculos cada vez mais fechados em torno do pássaro.

O pássaro ia girando a cabeça, sem perder Maurizio de vista.

– Diga a seu Maestro que eu o saúdo – disse ele, piscando um olho desesperadamente para o gato e que meu honrado nome é Jacó Craco, a seu dispor. Sou, por assim dizer, o camareiro alado da Madame Tirânia Vampíria, sua digníssima tia – e piscou o outro olho –, e além disso não sou um vagabundo, se me faz o favor, mas sim um velho corvo, que já sofreu muito na vida. Pode-se dizer que sou um corvo de má sorte.

– Vejam só, um corvo! – disse Errônius, irônico. – É bom avisar, mesmo, porque nem dá para notar.

– Ha, ha, muito engraçado – chiou Jacó Craco, como que falando para si mesmo.

– De má sorte? – quis saber Maurizio, interessado. – Do que está falando? Diga lá, sem se envergonhar. Meu bom Maestro vai ajudá-lo.

– Estou falando do azar que me persegue – explicou Jacó, sombrio. – Por exemplo, vim encontrar aqui, neste momento, um sanguinolento devorador de pássaros, e além disso minhas penas se foram, como se eu tivesse sido apanhado por uma nuvem venenosa. Aliás, as nuvens venenosas são cada vez mais frequentes, ninguém sabe por quê – e ele piscou mais uma vez para o gato. – E pode dizer a seu Maestro que, se minha pobre vestimenta o incomoda, não adianta ficar me olhando, pois não tenho outra melhor.

Maurizio levantou os olhos para Errônius.

– Está vendo, Maestro? Um caso emergencial.

– Pergunte a esse corvo – disse o mago – por que ele piscou várias vezes disfarçadamente para você.

Jacó Craco adiantou-se ao gato.

— É involuntário, senhor mago, não quer dizer nada. É apenas um tique nervoso.

— Sei, sei — disse Errônius, aliviado. — E por que estamos tão nervosos?

— Porque tem alguma coisa que não me agrada nesses tipos balofos, de voz empolada, garras afiadas e com dois faróis na cara, como esse sujeito aí.

Nesse momento Maurizio começou a entender que estava sendo ofendido. Naturalmente, não poderia deixar passar aquilo sem resposta. Aprumou-se o mais que pôde, eriçou o pelo, pôs as orelhas para trás e bufou:

— Maestro, o senhor permite que eu depene esse desavergonhado emplumadinho?

O mago pegou o gato no colo e o acariciou.

— Ainda não, meu pequeno herói. Acalme-se. Afinal, ele diz que vem da parte de minha digníssima tia. Vamos ouvir o que tem a dizer. Só gostaria de saber se podemos acreditar em alguma coisa. O que você acha?

— Boas maneiras, pelo menos, ele não tem — rosnou Maurizio.

O corvo eriçou as penas e grasnou, furioso:

— Ora, vocês dois que se danem!

— É de admirar — disse Errônius, continuando a afagar o gato. — É de admirar que minha tia, sempre tão fina, ande se metendo com criados tão grosseiros.

— O quê? — chiou o corvo. — Agora chega! Quem aqui é grosseiro? Não é brincadeira alguém na minha situação voar durante a noite, no meio da tempestade, para anunciar sua patroa, e chegar bem na hora do jantar para acabar sendo a refeição, em vez de receber alguma coisa para alimentar seu bico. Agora eu pergunto: quem aqui é grosseiro?

— O que está dizendo, corvo? — perguntou Errônius, alarmado. — A tia Tirânia está vindo para cá? Quando ela chega?

Jacó Craco continuava furioso, saltando pelo chão de um lado para o outro.

— Agora! Imediatamente! Já! Neste momento! A qualquer instante! Já está quase chegando!

Errônius deixou-se cair na poltrona e gemeu:

— Ai, meu calo! Ainda mais essa!

O corvo observava-o de soslaio e resmungou satisfeito para si mesmo:

— Ahá, pelo visto foi uma má notícia. É bem coisa minha.

— Faz meio século que não recebo a visita da tia Titi — queixou-se o mago. — O que será que ela quer aqui tão de repente? E justo hoje, um dia tão inoportuno.

O corvo encolheu as penas.

— Ela disse que deseja passar a noite de Ano-Novo sem falta com seu queridíssimo sobrinho, ela disse, porque o sobrinho, ela disse, tem uma certa receita para um ponche ou coisa parecida, ela disse, que lhe está fazendo muita falta, ela disse.

Errônius jogou o gato do colo e deu um salto.

— Ela sabe de tudo — gritou. — Com todos os malditos tumores, ela só quer abusar da minha situação. Sob a máscara dos sentimentos de parentesco, ela quer se meter na minha casa para cometer um assalto mental. Eu a conheço, ah, como eu a conheço!

Dizendo isso, ele proferiu uma comprida maldição babilônica ou do antigo Egito. Então todos os objetos de vidro da sala começaram a vibrar e a tilintar, e uma dúzia de raios esféricos começaram a percorrer a sala em zigue-zague.

Maurizio, que até então jamais vira seu Maestro agir daquele jeito, assustou-se tanto, que com um salto imenso foi parar em cima da cabeça de um tubarão empalhado, pendurado numa parede entre outros troféus.

Para seu maior espanto, o gato verificou que o corvo havia feito a mesma coisa e que, sem querer, eles tinham se agarrado um ao outro. Constrangidos, os dois se soltaram rapidamente.

Com as mãos trêmulas, o Conselheiro Secreto de Magias começou a remexer as montanhas de papéis em sua escrivaninha, esparramou tudo e resmungou:

– Por toda a chuva ácida, ela não pode ficar sabendo de nem uma vírgula de minhas valiosas anotações! Essa hiena está achando que vai conseguir obter todos os resultados das minhas pesquisas assim, *sem mais nem menos.* Pois é aí que ela se engana! Não vai herdar nadinha! Vou guardar imediatamente os anais com as fórmulas mais importantes no meu porão secreto, à prova de magia. Ela nunca vai conseguir entrar lá, nem ela nem ninguém mais.

O mago já estava saindo, mas deteve-se mais uma vez, vasculhando o laboratório com os olhos chispando.

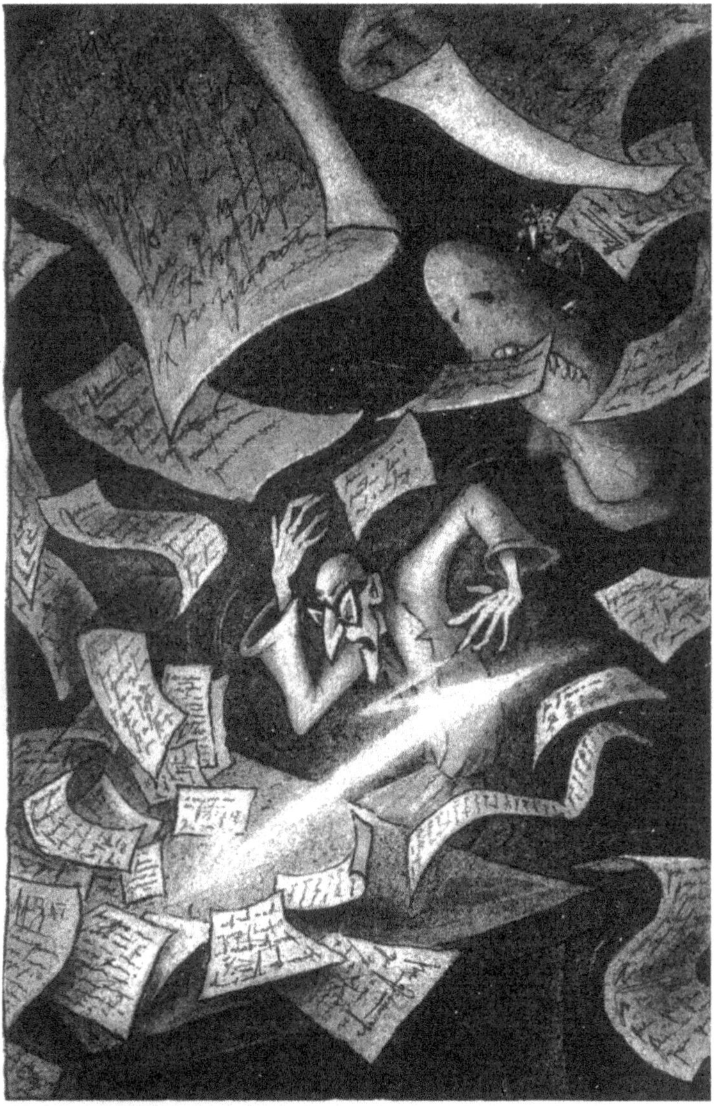

— Maurizio, com mil pesticidas, onde você se meteu?

— Aqui, Maestro — respondeu Maurizio, lá da cabeça do tubarão.

— Escute aqui — gritou o mago —, enquanto eu não estiver aqui, fique de olho bem aberto em cima desse corvinho impertinente, certo? E não caia no sono de novo. Preste atenção para ele não meter o bico onde não deve. É até melhor levá-lo para seu quarto e fechar a porta. Não confie nele de jeito nenhum, não entre na conversa dele nem aceite as tentativas de aproximação. Confio em você.

Errônius saiu correndo e seu roupão verde-veneno saiu voando atrás.

Os dois animais estavam sentados um de frente para o outro. O corvo encarava o gato, e o gato encarava o corvo.

— Bom, e então? — perguntou Jacó, depois de um tempo.

— Como assim, e então? — bufou Maurizio. O corvo piscou de novo.

— Você não entendeu nada mesmo, colega?

Maurizio estava confuso, mas, como não queria admitir isso de jeito nenhum, disse:

– Cale esse bicão! Não devemos ficar batendo papo, são ordens do meu Maestro.

– Mas ele foi embora – matraqueou Jacó. – Agora podemos falar abertamente, colega.

– Nenhuma tentativa de aproximação! – respondeu Maurizio, ríspido. – Nem tente! Você é vulgar e não tem classe nenhuma. Não gosto de você.

– Ninguém gosta mesmo de mim, já estou acostumado – respondeu Jacó. – Apesar disso temos de nos ajudar agora, nós dois. É nossa obrigação.

– Cale a boca! – rosnou o gatinho, tentando parecer o mais ameaçador possível. – Agora vamos para meu quarto. Desça e não tente fugir! Vamos!

Jacó Craco olhou para Maurizio, balançando a cabeça, e perguntou:

– Você é idiota mesmo ou só está fingindo?

Maurizio ficou sem saber o que fazer. Desde que se viu a sós com o corvo, o pássaro de repente lhe pareceu muito maior, e seu bico muito mais afiado e perigoso. Sem querer, ele arqueou as costas numa corcova e seu pelo se eriçou todo. O pobre Jacó, que viu nisso uma grande ameaça, sentiu o coração na boca. Obediente, voou até o chão. O gatinho, por sua vez muito surpreso com a reação que havia provocado, saltou atrás do corvo.

– Não me faça nada, que eu também não faço nada a você – grasnou Jacó, humilde.

Maurizio sentiu-se o maioral.

– Em frente, estranho! – ordenou.

– Ora, ora, bela noite! – grasnou Jacó, resignado. – Ah, como eu gostaria de ter ficado no ninho com minha Clara.

– Quem é Clara?

– Ah – disse Jacó –, é a coitada da minha esposa.

E saiu andando, todo desajeitado, equilibrando-se sobre suas pernas finas. O gato o seguiu.

Quando chegaram ao corredor comprido e escuro com os vários frascos de conserva, Maurizio, que naquele meio-tempo havia refletido a respeito, perguntou:

– Afinal, por que você me chama de colega?

– Ora bolas, porque nós somos colegas – respondeu Jacó. – Ou pelo menos pensei que fôssemos.

– Um gato e um pássaro – explicou Maurizio, com orgulho – nunca são colegas. Não fique imaginando coisas, corvo. Gatos e pássaros são inimigos naturais.

– Naturalmente – confirmou Jacó. – Quero dizer, naturalmente seriam inimigos naturais. Mas, naturalmente, só se a situação fosse natural. Em situações que não são naturais, às vezes os inimigos naturais são colegas.

– Pare! – disse Maurizio. – Não entendi nada. Fale mais claro.

Jacó parou e voltou-se para ele.

– Você também está aqui como agente secreto para observar seu Maestro, não é mesmo?

– Como assim? – perguntou Maurizio, agora totalmente confuso. – Por acaso você também? Mas por que o Conselho Supremo está enviando mais um agente para cá?

– Não, para cá não – respondeu Jacó. – Quero dizer, não eu. Ah, você deixa minha cabeça totalmente confusa com sua demora para entender as coisas. Vamos lá: sou espião na casa da minha Madame feiticeira, assim como você é espião na casa do seu Maestro mago. Entendeu agora?

Maurizio ficou tão espantado que até se sentou.

– Então é isso? De verdade?

– Tão de verdade quanto eu sou uma ave azarenta – suspirou Jacó. – Aliás, você se incomodaria se eu me coçasse? Faz tempo que estou sentindo um comichão.

– Claro que não! – retrucou Maurizio, fazendo um movimento de condescendência com a pata. – Já que somos colegas...

Com toda elegância, o gato enrolou a cauda em torno do corpo e ficou olhando Jacó coçar a cabeça com a garra.

De repente começou a achar aquele velho corvo extremamente simpático.

– Por que você não se apresentou logo que chegou?

– Pois foi isso que eu fiz – resmungou Jacó. – Fiquei piscando para você o tempo todo.

– Ah, sei! – exclamou Maurizio. – Mas você poderia ter dito em voz alta, tranquilamente.

Dessa vez foi Jacó que não entendeu nada.

– Em voz alta? – grasnou. – Para seu chefe ouvir tudo? Você é uma piada!

– Meu Maestro já sabe mesmo de tudo.

– O... o quê? – gaguejou o corvo. – Ele descobriu tudo?

– Não – disse Maurizio. – Fui eu que contei. O corvo ficou de bico aberto.

– Não pode ser verdade – ele conseguiu dizer, finalmente. – Você me pegou de surpresa! Repita o que acabou de dizer!

– Eu tinha de fazer isso – explicou Maurizio, com a cara muito séria. – Seria falta de nobreza continuar a enganá-lo. Observei-o e testei-o por muito tempo. Verifiquei que é uma pessoa generosa e um verdadeiro gênio, digno de nossa confiança. Bem, embora hoje esteja se comportando de um jeito estranho, isso eu tenho de admitir. Mas a mim, pelo menos, ele tem dispensado o tempo todo um tratamento de príncipe. Isso demonstra que ele é um homem bom e benfeitor dos animais.

Jacó encarou Maurizio, perplexo.

– Não é possível! Um mísero gato não pode ser tão idiota. Talvez dois ou três juntos, mas não um sozinho. Você estragou tudo, meu jovem, agora foi tudo por água abaixo, todo o plano dos animais vai acabar mal, muito mal! Eu já sabia desde o começo, já sabia que ia dar nisso!

– Ora, você nem conhece meu Maestro – miou o gato, ofendido. – Ele costuma ser bem diferente do que você viu hoje.

– Para você, pode ser! – grasnou Jacó. – Ele conseguiu enrolar você direitinho... e na banha, como se vê!

– Quem você acha que eu sou? – bufou Maurizio, agora furioso de verdade. – Com que direito acha que sabe tudo melhor do que eu?

– Por acaso você não tem olho na cara? – gritou Jacó. – É só dar uma olhada à sua volta! Ou o que você acha que é *isso aí?*

Ele esticou a asa, apontando para as prateleiras com os inúmeros vidros de conserva.

– Isso? É uma estação de tratamento – respondeu Maurizio. – O próprio Maestro foi quem me disse. Ele está tentando curar os pobres gnomos e elfos. Você não sabe de nada!

– Não sei de nada? – gritou Jacó Craco, cada vez mais fora de si. – Quer que eu lhe diga o que é isso? É uma prisão! Uma câmara de tortura, isso sim! Seu bom Maestro é um dos piores indivíduos que há no mundo, isso sim! Essa é a verdade, seu pateta! Ah... um bom homem! Um benfeitor! Sabe do que ele é capaz? De poluir o ar, isso sim. Envenenar a água, deixar os homens e os animais adoecerem, destruir bosques e florestas... isso tudo o seu Maestro sabe fazer muito bem. E é só!

Maurizio respirou fundo, indignado.

– Você... você... retire o que acabou de dizer, seu caluniador, senão... senão...

Seu pelo se eriçou tanto, que ele ficou parecendo duas vezes mais gordo do que já era.

– Não permito que destrate esse grande homem. Peça desculpas, senão vou lhe ensinar a ter respeito, seu pilantra!

Só que Jacó estava com a corda toda e nada mais poderia fazê-lo parar.

– Eu é que tenho o que lhe ensinar! – ele grasnou. – Seu balofinho da mamãe, seu burguesinho derrotado! Você só serve mesmo para brincar com novelo de lã e ficar se roçando no sofá. Dê o fora, seu lambedor de pratos, senão eu acabo mandando você de volta, bem embrulhadinho, para a gracinha da sua família de puxa-sacos!

Os olhos de Maurizio faiscavam de raiva.

– Eu pertenço a uma estirpe de nobres cavaleiros da antiga Nápoles. Mioderico, o Grande, figura entre meus antepassados. Não vou permitir que ninguém ofenda minha família! Muito menos um patife como você!

– Ha, ha! – guinchou Jacó. – Com certeza seus antepassados ficaram com todo o miolo da família e não deixaram nada para você.

Maurizio pôs suas garras de fora.

– Afinal, sabe com quem está falando, seu espanador miserável? Você está diante de um grande artista. Sou um famoso menestrel e já amoleci os corações mais empedernidos, antes de perder a voz.

O corvo deu uma gargalhada insolente.

– Acredito mesmo que você seja um ministrel, com sua miniestatura e seu minicérebro. Não fique se gabando assim, seu escovinha inchada de limpar garrafas!

– Cretino ignorante – bufou Maurizio, mostrando profundo desprezo –, você nem sabe o que é um menestrel. É porque aprendeu a falar na sarjeta, seu emplumado miserável!

– Não quero nem saber – gritou Jacó –, falo porque tenho bico, mas você, seu gato-barão piolhento...

De repente, sem que nenhum dos dois soubesse muito bem como tinham chegado àquele ponto e quem tinha começado, o gato e o corvo se transformaram num monte de pelos e penas rolando pelo chão. Começaram a brigar e a arrancar pedaços um do outro. O gato mordia e arranhava, o corvo bicava e beliscava. Mas, como eram de tamanho e força mais ou menos iguais, nenhum conseguia se impor. Às vezes um escapava e o outro o perseguia, depois ocorria o contrário. Sem perceber, foram parar de novo no laboratório. Jacó estava dando uma mordida no rabo de Maurizio, e o gato estava sentindo muita dor, mas Maurizio também tinha agarrado o corvo pelo peito, e o pássaro estava perdendo o fôlego.

– Renda-se – gritou Maurizio –, senão você vai morrer!

– Renda-se você primeiro – arquejou Jacó –, senão vou arrancar seu rabo!

Então os dois se largaram ao mesmo tempo e ficaram sentados um na frente do outro, ofegantes.

Com lágrimas nos olhos, o gatinho tentava endireitar o rabo, que tinha perdido toda a elegância e formava um zigue-zague. O corvo observava melancólico suas penas espalhadas pelo chão, as quais na verdade iam lhe fazer muita falta.

Mas, como acontece com frequência em tais situações, os dois, arrependidos, sentiam-se inclinados a fazer as pazes. Jacó estava achando que não deveria ter sido tão grosso com o gatinho gorducho, e Maurizio ponderava que talvez tivesse sido injusto com o coitado do corvo.

– Desculpe, por favor – miou ele.

– Também sinto muito – grasnou Jacó.

– Sabe – continuou Maurizio, com voz comovida, depois de um tempinho –, simplesmente não consigo acreditar no que você me contou. Como é que uma pessoa pode tratar tão bem um grande artista felino como eu e ao mesmo tempo ser um tremendo mau-caráter? Isso é impossível.

– Acontece que, infelizmente, é possível – respondeu Jacó, balançando a cabeça –, é muito possível, é possível, sim. Na verdade, ele não tratou você tão bem assim. Ele só *domou* você, para mantê-lo sob controle. Minha chefe, a Madame Tirania, tentou fazer a mesma coisa comigo. Mas eu não deixei. Só fingi que tinha deixado. E ela não percebeu. Fui eu que fiz isso com *ela*.

O corvo começou a rir.

– De qualquer modo, consegui saber muita coisa a respeito dela e também do seu querido Maestro. Por falar nisso, onde será que ele se meteu?

Os dois aguçaram os ouvidos, mas tudo estava em silêncio. Só se ouvia o vento assobiando lá fora.

Para chegar a seu porão secreto à prova de magia, Errônius precisava passar por um verdadeiro labirinto de corredores subterrâneos, cada um deles fechado magicamente, com várias portas que só se abriam e se fechavam de um modo muito complicado. Era um processo que tomava muito tempo.

– Jacó se aproximou de Maurizio e cochichou, em tom de conspiração:

Bom, e agora ouça bem, gatinho. Minha madame, além de tia de seu Maestro, também paga pelos seus serviços. O Maestro envia o que a Madame pede, e ela faz grandes negócios com o monte de coisas venenosas que ele prepara. Uma feiticeira capitalista, entendeu?

– Não – disse Maurizio. – O que é uma feiticeira capitalista?

Bom, também não sei exatamente – admitiu Jacó – Ela consegue fazer magia com dinheiro. Faz alguma coisa e consegue que o dinheiro aumente. Sozinho, cada um desses dois já é muito mau; e, quando uma feiticeira capitalista se junta a um mago de laboratório, é bom sair de perto, pois a coisa fica feia!

De repente Maurizio começou a se sentir extremamente cansado. Aquilo tudo tinha sido demais para ele, que agora só estava querendo sua caminha macia.

– Se você sabe disso com tantos detalhes – perguntou ele, num tom meio lastimoso –, por que já não foi antes ao Conselho Supremo para dizer tudo?

– Estava contando com você – respondeu Jacó Craco, sombriamente –, pois afinal não tenho nenhuma prova da ligação dos dois. Ouça o que estou dizendo, entre os humanos o dinheiro é o xis da questão. Especialmente entre os seres da espécie de seu Maestro e da minha Madame. Por dinheiro eles fazem tudo, e com dinheiro podem fazer tudo. É seu pior instrumento de magia. É por isso que nós, animais, jamais chegamos nem perto deles, porque não temos nada parecido. Eu sabia que havia um de nossos agentes na casa do Errônius, mas não sabia quem era. Então pensei que meu colega e eu, juntos, poderíamos conseguir a prova. Especialmente hoje à noite.

– Por que especialmente hoje à noite? – quis saber Maurizio.

O corvo emitiu um grasnido longo e agudo, que ecoou por toda a sala e fez o gatinho ficar de pelo em pé.

– Desculpe – continuou Jacó, voltando a falar mais baixo –, é assim que nos expressamos quando alguma coisa desse tipo está sendo tramada. Porque dá para pressentir alguma coisa. Ainda não sei o que eles estão planejando, mas aposto minhas penas que é uma imensa gentaria.

– Uma o quê?

– Ora, não se pode dizer que seja porcaria, porque os porcos não fazem nenhuma malvadeza. É gentaria mesmo. Foi por isso que fiz horas extras e voei até aqui durante a noite, com essa tempestade. Minha Madame não sabe de nada. Acabei de contar para você. Acontece que você já foi contar tudo para seu Maestro, e agora entornou o caldo. Eu devia mesmo era ter ficado no meu ninhozinho quente com minha Amália.

– Pensei que sua mulher se chamasse Clara!

– Essa é outra – matraqueou Jacó, de mau humor. – Além do mais, o problema não é o nome da minha mulher, mas é você ter conseguido estragar tudo.

Maurizio olhou confuso para o corvo.

– Acho que você sempre enxerga tudo pelo lado pior. É um pessimista.
– Verdade! – confirmou Jacó Craco, secamente. – Por isso mesmo quase sempre tenho razão. Quer apostar?
O gatinho fez cara de arrogante.
– Quero. Quanto?
– Se *você* estiver certo, eu engulo um prego enferrujado; se *eu* estiver certo, você é que engole. Combinado?
Embora Maurizio se esforçasse para fingir indiferença, sua voz tremeu um pouco ao responder:
– Combinado! Está valendo a aposta.

Jacó Craco concordou com a cabeça e começou imediatamente a inspecionar o laboratório. Maurizio o seguiu.
– Já está procurando o prego?
– Não – respondeu o corvo –, estou procurando um esconderijo adequado para nós.
– Para quê?
– Ora, temos de escutar os chefões secretamente.

O gatinho deteve-se e disse, indignado:
– Não, não vou fazer uma coisa dessas. Está abaixo do meu nível.
– Abaixo do quê? – perguntou Jacó.
– Quero dizer que uma coisa dessas não é nobre. Isso eu não faço. Não sou nenhum malandro!
– Pois eu sou – disse o corvo.
– Não se deve escutar a conversa dos outros secretamente – explicou Maurizio. – Isso não se faz!
– Então o que você faria?
– Eu? – e Maurizio pensou um pouco. – Eu simplesmente perguntaria ao Maestro, diretamente, olhos nos olhos.
O corvo olhou com o rabo do olho para o gato e matraqueou:
– Bravo, senhor conde! Olho no olho, e ele acertaria bem no seu olho.
Nesse meio-tempo chegaram a um canto escuro, na frente de um latão, cuja tampa estava aberta. Em cima estava escrito LIXO ESPECIAL.
Os dois animais olharam a inscrição.
– Você sabe ler? – perguntou Jacó.
– Por acaso você não sabe? – respondeu Maurizio, meio desdenhoso.
– Nunca aprendi – admitiu o corvo. – O que está escrito aí?
Maurizio não conseguiu resistir à tentação de brincar com o corvo.
– Está escrito RESTOS DE COMIDA ou... ah, não... está escrito INFLAMÁVEL... mas parece que começa com L...

Nesse momento ouviu-se lá fora, no meio do uivo da tempestade, um barulho que parecia o alarme de uma sirene se aproximando velozmente.

– É minha Madame – sussurrou Jacó. – Ela sempre aciona esse alarme infernal, porque acha profissional. Venha, vamos entrar no latão!

Ele voou até a tampa, mas o gato ainda estava hesitante.

Nesse momento ouviu-se uma voz aguda, ecoando de dentro da chaminé:

    – Trali, tralita!
    Chegou visita
    E sabe quem?
    Olhe só, meu bem!

Uma rajada de vento entrou pela chaminé, quase fazendo as chamas do fogo verde se apagarem e espalhando espessas nuvens de fumaça pela sala.

– Ui! – tossiu Jacó Craco. – Já é ela. Rápido, gatinho, venha depressa!

A voz de dentro da chaminé se aproximava cada vez mais. Era como se alguém estivesse gritando dentro de um tubo comprido.

    – Façamos negócios! Negócios!
    Usem qualquer poder.
    Sejamos sócios! Sócios!
    Lucro! Lucro queremos ter!

De repente ouviu-se um gemido vindo da chaminé, e a voz murmurou confusa:

– Um momento... parece... fiquei enrascada... e então?... assim!... agora vai dar.

O corvo, saltitando em torno da borda do latão, grasnou:

– Entre de uma vez! Vamos! Rápido!

O gatinho deu um salto, o corvo o empurrou para dentro com o bico e depois o seguiu. No último instante, unindo as forças, conseguiram fechar a tampa.

A voz aguda vinda da chaminé agora estava bem próxima.

> – Quanto custa o mundo inteiro?
> Muito dinheiro!
> Venham, todos alerta,
> o estoque está em oferta.
> É pra isso que dinheiro presta,
> vamos fazer a festa.
> Vamos lá, é pra acabar!

Nesse momento, caiu pela chaminé uma verdadeira chuva de moedas. Depois ouviu-se um barulhão, o caldeirão com o Elixir Número 92 entornou, seu conteúdo foi consumido pelo fogo (portanto, a "Dieta da Recuperação" não entraria no mercado tão já) e, bem no meio das chamas, Tirânia Vampíria caiu sentada, guinchando:

– E os aplausos?

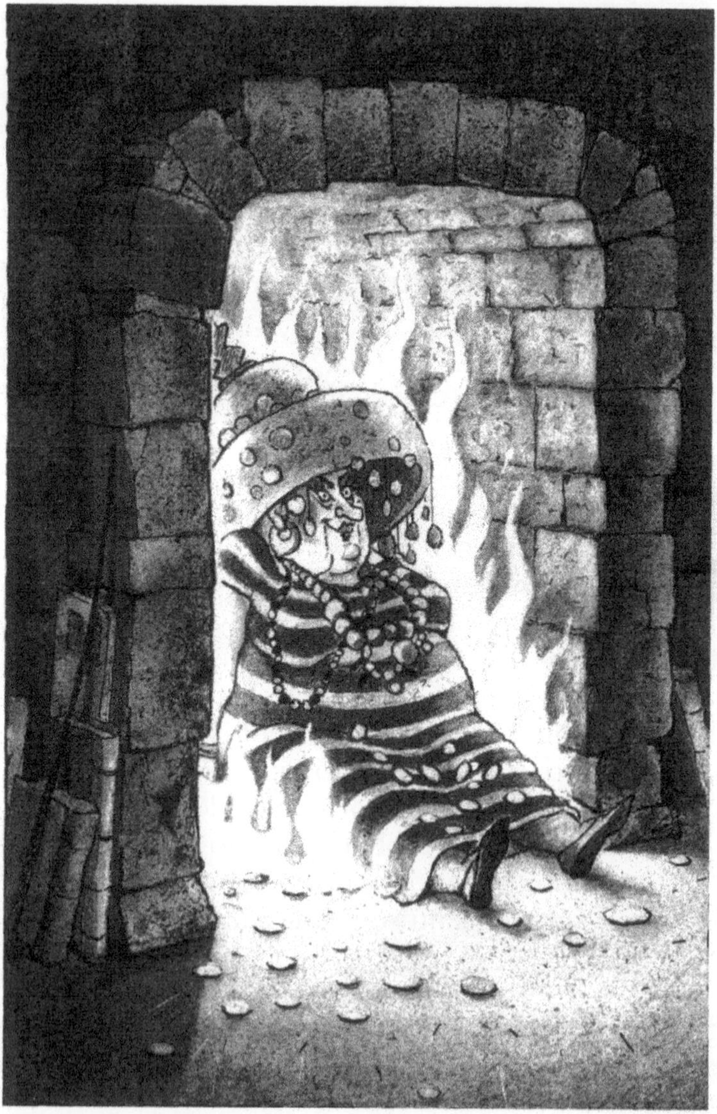

Quando se fala em feiticeira, a maioria das pessoas imagina uma velhinha franzina e enrugada, corcunda, com a cara cheia de verrugas repugnantes e um único dente imenso na boca. Mas hoje em dia a maioria das feiticeiras é totalmente diferente. Tirânia Vampíria, por exemplo, era exatamente o contrário disso tudo. Está certo que ela era baixinha, pelo menos em comparação com Errônius, em compensação era bem gorducha. Pode-se dizer que, literalmente, sua altura era igual à sua largura.

Ela estava com um vestido de noite amarelo-enxofre de listras pretas, de modo que parecia uma abelha imensa. (Aliás, amarelo-enxofre era sua cor favorita.)

Estava abarrotada de bijuterias e de joias. Até seus dentes eram de ouro, com obturações de brilhantes. Cada um de seus dedos, gordos como salsichas, tinha um anel, e até suas longas unhas eram douradas. Seu chapéu era do tamanho de um pneu de carro, e na aba dele tilintavam centenas de moedas.

Quando conseguiu sair da chaminé e se levantou, estava parecendo um abajur, aliás um abajur dos bem caros.

Ao contrário das feiticeiras de antigamente, Tirânia era imune ao fogo, que não lhe fazia mal algum. Ela só deu uns tapinhas contrariados pelo corpo para apagar as pequenas chamas que ainda saltitavam em seu vestido de noite.

Sua cara de cachorro, com os sacos lacrimais inchados e as bochechas moles, estava tão carregada de maquiagem, que parecia um mostruário de produtos de beleza. Sua bolsa era um cofrinho com fechadura de segredo, que ela carregava debaixo do braço.

– Oláááá! – gritou, tentando suavizar sua voz aguda, enquanto espiava para todos os lados. – Não tem ninguém aquiiii? Uh uh! Buzinhooo!

Nenhuma resposta.

Tirânia Vampíria simplesmente não conseguia suportar que não lhe dessem atenção. Ela dava extrema importância àquelas suas entradas triunfais. Ficou morrendo de raiva ao constatar que Errônius não estava presente à sua exibição.

Logo ela começou a remexer nos papéis que estavam em cima da mesa, mas não foi muito longe, pois ouviu passos se aproximando. Era Errônius, que finalmente estava de volta. Com os braços abertos, ela correu para o sobrinho.

– Belzebu! – sibilou ela. – Belzebuzinho! Deixe-me olhar bem para você! É você mesmo, ou não?

– Sou eu mesmo, titia Titi, sou eu – retrucou ele, com o rosto franzido de azeda alegria.

Tirânia tentou abraçá-lo, mas, por causa do tamanho de seu corpo, isso lhe custou muito esforço.

– É você, meu *muito* caro sobrinho – ela grasnou. – Aliás, reconheci você imediatamente. Afinal, quem mais poderia ser, não é mesmo?

Ela se chacoalhou ao dar uma gargalhada, e todas as moedas começaram a tilintar.

Enquanto tentava escapar de seu abraço, Errônius resmungou:

– Também a reconheci imediatamente, titia.

Ela ficou na ponta dos pés para beliscar-lhe as bochechas.

– Espero que esteja agradavelmente surpreso. Ou por acaso estava esperando a visita de alguma outra bruxinha bonita?

– Ora, o que é isso, Titi – disse Errônius, carrancudo. – Você me conhece. Meu trabalho não me dá folga para essas coisas.

– Claro que o conheço, Buzinho – replicou ela, brincalhona –, e melhor que nenhuma outra, não é mesmo? Afinal, fui eu que o criei e financiei sua educação. E, pelo visto, você não está vivendo mal... à minha custa.

Errônius parecia não gostar que lhe lembrassem essas coisas, pois respondeu, mal-humorado:

– E você também não... à minha.

Tirânia afastou-se dele, deu um passo para trás e perguntou, ameaçadora:

– O que está querendo dizer com isso?

– Oh, nada – respondeu ele, evasivo. – Na verdade, você não mudou absolutamente nada nesse meio século, desde que nos vimos pela última vez, titia querida.

– Você, pelo contrário – disse ela –, envelheceu assustadoramente, meu pobre jovem.

– Ah, é? – respondeu ele. – Então permita-me dizer que você engordou terrivelmente, velha solteirona.

Por um segundo, os dois ficaram se encarando enraivecidos, mas então Errônius deu o braço a torcer:

– Seja como for, é bom continuarmos sendo os mesmos de sempre.

– Cem por cento – concordou Tirânia –, continuamos compartilhando as mesmas opiniões, como antigamente.

Os animais dentro da lata estavam tão próximos, que um conseguia ouvir as batidas do coração do outro. Eles mal ousavam respirar.

A conversa entre o mago e a feiticeira continuou ainda por algum tempo, naquele tom irônico. Ficou claro que os dois estavam se sondando e um não confiava no outro. Mas, finalmente, seu estoque de conversa fiada acabou.

Nesse meio-tempo, os dois haviam se sentado, um de frente para o outro, e se encaravam com os olhos apertados como dois jogadores de pôquer antes da partida. Um silêncio gelado tomou conta da sala. Entre os dois, no ponto em que seus olhares se cruzavam, surgiu no ar uma espessa estalactite de gelo, que caiu ao chão com um estrondo.

– Agora vamos aos negócios – disse Tirânia. O rosto de Errônius permaneceu impassível.

– Pensei que você tinha vindo para bebermos juntos um ponche de São Silvestre, já que é noite de Ano-Novo.

A feiticeira se empertigou toda.

– Quem lhe deu essa ideia?

– Seu corvo, Jacó Craco, ou qualquer coisa assim.

– Ele esteve aqui?

– Esteve, ora, pois foi você mesma quem o enviou.

– Eu *não* fiz isso – disse Tirânia, zangada. – Eu queria surpreender você com minha visita.

Errônius sorriu, desanimado.

– Não fique tão chateada, querida tia Titi. Assim pelo menos pude me preparar para sua amável visita.

– Esse corvo – continuou a feiticeira –, ele se permite liberdades demais para meu gosto.

– Também acho – respondeu Errônius. – É um tremendo desaforado.

A tia concordou.

– Eu o tenho há mais ou menos um ano, mas desde o princípio ele revelou um caráter rebelde.

Mais uma vez o mago e a feiticeira se encararam em silêncio.

– Afinal – perguntou Errônius –, o que ele sabe a respeito de você... e de seus negócios?
– Absolutamente nada – disse Tirânia. – É um simples proletário, só isso.
– Tem certeza?
– Cem por cento!

Jacó deu uma risadinha para si mesmo e sussurrou no ouvido do gatinho:
– Está vendo como a gente pode se enganar?

– Ora, então por que você continua aceitando aquele emplumado impertinente na sua casa? – quis saber Errônius.
– Porque *eu* sei demais a respeito *dele*.
– E o que você sabe dele?
A feiticeira pôs suas obturações de brilhantes à mostra.
– Tudo.
– O que significa tudo?
– Na verdade ele é um espião que o Conselho Supremo dos Animais enviou à minha casa, para me vigiar. Esse patife se julga muito esperto. Até hoje ele acredita que eu não percebi nada.

Jacó fechou o bico com tanta força, que quase deu para ouvir. Maurizio deu-lhe um cutucão e murmurou:
– Está vendo como a gente pode se enganar... colega?
O mago ergueu as sobrancelhas e meneou a cabeça, pensativo.

– Vejam só! – disse ele. – Também estou com um espião desses em casa, um gato totalmente idiota, que acha que é cantor. Ele é ingênuo, guloso e vaidoso, isto é, um caráter muito agradável... pelo menos para mim. Foi brincadeira de criança torná-lo inofensivo desde o princípio. Foi só enchê-lo de comida... e de tranquilizantes. Ele simplesmente dorme o tempo todo, mas está feliz e satisfeito. O idiotinha até me venera.

– E ele não desconfia de nada?

– Ele é totalmente ingênuo – respondeu Errônius. – Sabe o que fez hoje? Pois me contou tudo. Disse por que está aqui e quem o enviou. Até me pediu perdão por ele ter me enganado esse tempo todo. Dá para imaginar sujeito mais pateta?

A tensão entre o mago e a feiticeira explodiu numa sonora gargalhada, a duas vozes mas não muito afinada.

Dentro da lata, Maurizio não conseguiu segurar um pequeno soluço silencioso. Jacó, que já estava pronto para dizer alguma gracinha, se comoveu e evitou discretamente fazer qualquer comentário.

– Apesar disso – disse Tirânia, de repente voltando a ficar séria –, é preciso a maior cautela, meu jovem! O fato de terem enviado espiões a nossas casas significa que os animais do Conselho Supremo suspeitam de nós. Só me pergunto de quem seria a culpa. O que você acha, Buzinho?

Errônius enfrentou o olhar da tia e retrucou:

– É para mim que você pergunta? Talvez *você* tenha sido imprudente demais, Titi. Vai saber o que se passa no cérebro de um corvo. Tomara que o cara não corrompa o bobo do meu gato e o faça pensar em coisas perigosas.

Tirânia deu uma olhada em torno do laboratório.

– Nós deveríamos manter os dois sob vigilância. Onde eles se meteram?

– No quarto do gato – respondeu o mago. – Incumbi Maurizio de prender o corvo lá e ficar de olho nele.

– Será que ele vai obedecer?

– Pode ter certeza.

– Então por enquanto vamos deixar esse problema de lado – decidiu a feiticeira. – Mais tarde cuidamos dos dois. No momento tenho uma coisa mais urgente para falar com você.

A desconfiança de Errônius voltou de imediato.
– Que coisa é essa, titia?
– Afinal você nem me perguntou *por que* vim até sua casa.
– Então estou perguntando agora.

A feiticeira recostou-se e ficou olhando fixamente para o sobrinho por uns momentos. Errônius sabia que o aguardava um daqueles sermões intermináveis, que ele odiava, porque sempre tinham alguma intenção oculta. Nervoso, começou a tamborilar com a ponta dos dedos no encosto da poltrona, olhou para o teto, e ficou assobiando baixinho.

– Bom, então ouça, Belzebu Errônius – começou ela. – No fundo, você deve a mim tudo o que é hoje. Você tem consciência disso? Quando seus queridos pais, meu cunhado Asmodeu e minha linda irmã Lili acabaram perdendo a vida por descuido naquele grande naufrágio provocado por eles mesmos, eu tomei você sob meus cuidados e o criei. Não deixei que nada lhe faltasse. Quando você ainda era criança, eu lhe inculquei os princípios muito úteis da tortura animal. Mais tarde o enviei para as escolas mais infernais, para o ginásio Sodoma e Gomorra e para a Faculdade Arimã. Mas você sempre foi muito difícil de se educar, Buzinho; quando você era um estudantezinho, na Universidade Técnico-Mágica de Fedorenfurt, muitas vezes eu tive de encobrir suas arbitrariedades e sua incompetência, porque afinal somos os dois últimos membros de nossa família. Tudo isso me custou uma bela fortuna, como você sabe. Suas boas notas no exame em Diabólica

Avançada você também deve a mim, pois fiz valer minha influência como presidenta da Sociedade Anônima Internacional de Magrana. Também cuidei para que você fosse aceito na Academia de Magia Negra; e fui eu quem o introduziu nos Círculos Mais Profundos, proporcionando-lhe a honra de conhecer pessoalmente seu protetor e patrono. E, acima de tudo, quero dizer que você me deve o suficiente para não me recusar um pequeno favor, que não vai lhe custar absolutamente nada realizar.

Errônius estava com uma expressão amargurada. Quando ela vinha com aquela conversa, era porque estava a fim de lhe passar a perna de algum modo.

– Qual é o favor que não vai me custar absolutamente nada? – perguntou, tenso. – Estou muito curioso.

– Bem – disse a feiticeira –, é mesmo um favorzinho sem importância. Entre as coisas que seu avô Belial Errônius lhe deixou de herança, havia, se estou bem lembrada, um rolo de pergaminho antiquíssimo, de cerca de dois metros e meio de comprimento.

Errônius confirmou, hesitante:

– Ele está em algum lugar do meu depósito. Teria de procurá-lo. Eu o arquivei, porque não me servia para nada. Originalmente era muito mais longo, mas o bondoso vovô Belial o rasgou ao meio num de seus famosos acessos de raiva. Ele só me deixou a segunda metade, malicioso como era. Ninguém sabe onde está a primeira metade. Provavelmente trata-se de alguma receita, totalmente inútil, mesmo para você, titia... infelizmente.

– Pois é! – disse Tirânia, sorrindo, como se sua dentadura fosse feita de torrões de açúcar. – Como no futuro, atrevo-me a supor, você vai continuar dependendo do meu suporte financeiro, bem que poderia me dar de presente esse pedaço de pergaminho sem valor.

O interesse repentino da tia por aquela herança despertou a suspeita do mago.

– Dar de presente? – ele cuspiu essas palavras, literalmente, como se fossem uma coisa asquerosa. – Eu não dou nada de presente. Afinal, quem é que me dá presentes?

Tirânia suspirou.

– É, eu já estava até adivinhando. Espere só um minutinho.

Ela começou a mexer com suas garras douradas na fechadura de sua bolsa-cofre. Enquanto fazia isso, murmurava:

– Oh, Mamon, príncipe do mundo inteiro,
sobre coisas e pessoas tu dás poder,
do nada crias cada vez mais dinheiro,
e com dinheiro se pode tudo fazer.

Depois, com um tranco, ela abriu a tampa de ferro e tirou da bolsa-cofre um monte de notas, que ficou contando na frente de Errônius.

– Tome! – disse ela. – Talvez com isso você se convença de que, mais uma vez, estou pensando apenas no seu proveito. Mil... dois mil... três... quatro... quanto você quer?

Errônius deu uma risada de caveira. Sua velha tia acabara de cometer um erro decisivo. Ele bem sabia que Tirânia era capaz de produzir todo o dinheiro que desejasse, uma especialidade de magia negra que ele não dominava, pois pertencia a um outro ramo. Mas também sabia que ela era a avareza em pessoa e que nunca dava um tostão à toa. Se estava lhe oferecendo uma quantia daquelas, era porque o pergaminho tinha *mesmo muito* valor para ela.

– Queridíssima tia Titi – disse ele, aparentemente tranquilo –, não consigo me livrar da impressão de que você está escondendo alguma coisa de mim. Não é nada amável da sua parte.

– Isso já é demais! – respondeu a feiticeira, impiedosa. – Assim não é possível fazermos negócio.

Ela se levantou, aproximou-se da lareira e ficou olhando para o fogo, fazendo-se de ofendida.

– Ei, gatinho – sussurrou Jacó, no ouvido de seu companheiro de infortúnio. – Não vá dormir justo agora!

Maurizio levou um susto.

– Desculpe – sussurrou – é por causa do tranquilizante... Quer fazer o favor de me dar um beliscão bem forte?

Jacó obedeceu.

– Mais forte! – disse Maurizio.

Jacó o beliscou com tanta força, que por um triz o gatinho não deu um miado, mas ele se conteve heroicamente.

– Obrigado – sussurrou, com lágrimas nos olhos. – Agora está melhor.

– Sabe, Belzebu – começou a feiticeira, com a voz enlevada. – Em noites como esta não consigo deixar de pensar nos velhos tempos, quando ainda estávamos juntos: tio Cérbero com sua incrível esposa Medusa, o pequeno Nero e sua irmã Guchinha, e também meu primo Vírus, sempre me fazendo a corte, seus pais e o vovô Belial, que fazia você montar a cavalo nos joelhos dele. Lembra quando queimamos uma floresta inteira durante um piquenique? Foi tão emocionante!

– Aonde exatamente você está querendo chegar? – perguntou Errônius, sem mostrar entusiasmo.

– Eu queria comprar esse rolo de pergaminho de você, Buzinho, simplesmente para guardá-lo como lembrança de seu avô Belial. Faça isso por amor à família!

– Ora, não seja ridícula, tia Titi – retrucou ele.

– Está bem – disse ela, novamente com seu tom de voz normal e voltando-se para a bolsa-cofrinho. – Então quanto? Ofereço mais cinco mil.

Ela tirou mais um monte de notas e as jogou para o mago, meio furiosa. Já havia se formado um belo monte e, de qualquer modo, muito mais do que poderia caber na pequena bolsa-cofrinho.

– E então? – perguntou Tirânia, esperançosa. – Dez mil... minha última oferta! É pegar ou largar.

As rugas do rosto de Errônius se aprofundaram ainda mais. Ele ficou encarando o dinheiro com os olhos esbugalhados, debaixo das grossas lentes de seus óculos. Suas mãos tremiam, mas ele se conteve. De qualquer modo, dinheiro não conseguiria salvá-lo de sua situação desesperadora. No entanto, quanto mais a tia lhe oferecia, mais certeza ele tinha de que ela estava lhe oferecendo pouco. Precisava descobrir o que havia por trás daquilo.

Tentou usar a tática da surpresa e deu, por assim dizer, um tiro no escuro.

– Vamos lá, velha solteirona – disse Errônius, com a maior calma possível –, eu sei que *você* está com a primeira parte do rolo.

O rosto da tia mudou de cor sob a pesada maquiagem.

– De onde... quero dizer, como... isso só é mais um de seus truques sujos!

Errônius riu, triunfante.

– Bem, digamos que cada um de nós tem seus meiozinhos de informações.

Tirânia engoliu em seco e depois admitiu, em voz baixa:

– Bom, já que você descobriu...! Há muito tempo eu sabia quem havia herdado a primeira parte, por sinal sua prima de terceiro grau, a diva do cinema, Megera Múmia, de Hollywood. Por causa de sua vida luxuosa, ela sempre precisava de dinheiro aos montes, por isso consegui comprar o pergaminho dela... aliás, por um preço assustador.

– Agora sim – disse Errônius –, estamos chegando cada vez mais perto do que interessa. Aliás, acho que conseguiram enrolar você direitinho. O que vem daqueles lados dificilmente é autêntico.

– O que está querendo dizer com isso?

– Que tenho quase certeza de que não se trata do original, e sim de uma dessas falsificações corriqueiras.

– É o original, sem sombra de dúvida!

– Por acaso você o mostrou a um perito? Deixe-me dar uma olhada.

Seus olhos adquiriram uma expressão de quem está pronto para dar o bote.

A tia respondeu, fazendo biquinho:
– Mostre o seu, que eu mostro o meu.
– Ah, sabe – disse Errônius, desinteressado –, no fundo, para mim tanto faz. Fique com o seu pedaço, que eu fico com o meu.

Surtiu efeito. A tia arrancou o imenso chapéu da cabeça e começou a tirar de dentro da aba enorme um rolo comprido de pergaminho. Então era por isso que ela estava usando aquele chapéu ridículo! Aliás, agora também dava para ver que ela só tinha uns poucos fiozinhos de cabelo avermelhado na cabeça, enrolados num coquezinho deplorável em forma de cebola.

– É o original – disse ela mais uma vez, furiosa, mostrando para o sobrinho a borda rasgada.

Errônius inclinou-se, endireitou os óculos e reconheceu de imediato, pela escrita estranha e por outras características, que a tia estava com a razão.

Ele quis agarrar o pergaminho, mas a tia o afastou.

– Tire esses dedinhos daí, meu jovem! Chega!
– Hum – fez Errônius, coçando o queixo –, parece mesmo ser a primeira parte da receita. Mas para que serve a receita?

Tirânia agitou-se na poltrona.

– Simplesmente não consigo entender você, Belzebu. Por que faz tantas perguntas? Afinal, dez mil é dinheiro para ninguém recusar. Ou será que está só querendo aumentar mais o preço, seu cortador de pescoços? Bom, quanto quer, diga de uma vez!

E ela começou a fazer magia para aparecerem cada vez mais montes de notas de sua bolsa-cofrinho.

Errônius estava com a careca suando.

– Só me pergunto – murmurou ele – quem aqui está a fim de cortar o pescoço de quem, queridíssima tia. Vamos, desembuche de uma vez, que receita é essa, afinal?

Tirânia vibrou seu punho pequenino e gordo.

– Ora, vá para a sexta-feira negra com essa sua curiosidade! É só uma receita antiga de um ponche. Estou com vontade de beber esse ponche hoje à noite, pois dizem que ele tem um sabor muito especial. Nós que temos gosto apurado somos assim, pagamos qualquer preço por esses prazeres, e eu sou uma glutona inveterada.

– Não é bem assim, titia – retrucou Errônius, balançando a cabeça. – Nós dois sabemos que há pelo menos cem anos você perdeu qualquer senso de paladar. Nem consegue distinguir suco de framboesa de ácido sulfúrico. Afinal, quem está querendo enganar?

Tirânia deu um pulo, tremendo de raiva, e começou a andar pelo laboratório. Durante as negociações ela vinha ficando cada vez mais inquieta, e toda hora olhava furtivamente para o relógio.

– Está bem – gritou ela, de repente –, vou lhe dizer, seu maldito cabeça-dura! Mas primeiro você precisa me jurar, pelo obscuro palácio bancário de Plutão, que depois vai me vender sua parte do rolo de pergaminho.

O mago murmurou alguma coisa e balançou a cabeça num gesto vago, que poderia eventualmente ser interpretado como um sim.

A feiticeira arrastou sua poltrona para perto dele, sentou-se fungando e falou com a voz abafada:

– Bem, ouça com atenção: trata-se da receita do legendário ponche dos desejos satanarquiasmonumentalcooliconchavolátil. É uma das magias mais antigas e mais poderosamente más do universo. Funciona só na véspera de Ano-Novo, porque é então que o desejo tem um efeito especial. E hoje nos encontramos exatamente no meio das doze noites de geada durante as quais sabe-se que todas as forças das trevas circulam livremente. Para cada copo dessa poção mágica tomado de um só gole, pode-se fazer um desejo, que tem cem por cento de chance de se realizar, desde que seja pronunciado em voz alta.

Explicação da palavra
SATANARQUIASMONUMENTALCOOLICONCHAVOLÁTIL

Pertence a um tipo de palavras das mais utilizadas nos livros de magia. São chamadas *palavras-perspectivas,* provavelmente porque podem ser separadas e juntadas, como aquelas velhas lunetas feitas de latão, que eram chamadas de perspectivas.

Há palavras-perspectivas que, ao serem escritas, ocupam várias linhas ou, às vezes, páginas inteiras. Em casos raros elas se estendem até mesmo por um capítulo inteiro. Aliás, dizem que houve, em outros tempos, um livro inteiro que constava de uma única palavra desse tipo.

As palavras-perspectivas são consideradas muito eficazes nos círculos de magos e feiticeiras. A regra pela qual se formam é simples. Sua criação, porém, é difícil. É preciso que várias palavras se encaixem, sendo que a sílaba final de uma deve compor a sílaba inicial da seguinte. Cada palavra no interior de uma longa palavra-perspectiva deve, portanto, se encaixar tanto na palavra que vem antes como na que vem depois dela.

Em nosso caso, trata-se dos seguintes componentes:

1. Satã 2. Anarquia 3. Quiasmo 4. Monumental 5. Alcoólico 6. Conchavo 7. Volátil

A partir daí, resultam seis palavras-perspectivas "simples" (com apenas uma articulação):

1. Satanarquia 2. Anarquiasmo 3. Quiasmonumental 4. Monumentalcoólico 5. Acooliconchavo 6. Conchavolátil

A partir daí, resultam novamente cinco palavras-perspectivas "duplas" (com duas articulações):

1. Satanarquiasmo 2. Anarquiasmonumental 3. Quiasmonumentalcoólico 4. Monumentalcooliconchavo 5. Alcooliconchavolátil

Mais uma vez, é possível formar quatro palavras-perspectivas "triplas" (cada uma com três articulações):

1. Satanarquiasmonumental 2. Anarquiasmonumentalcoólico 3. Quiasmonumentalcooliconchavo 4. Monumentalcooliconchavolátil

Daí resultam três palavras-perspectivas "quádruplas" (cada uma com quatro articulações):

1. Satanarquiasmonumentalcoólico 2. Anarquiasmonumentalcooliconchavo 3. Quiasmonumentalcooliconchavolátil

Podem ser formadas então duas palavras-perspectivas "quíntuplas" (com cinco articulações):

1. Satanarquiasmonumentalcooliconchavo 2. Anarquiasmonumentalcooliconchavolátil

E, finalmente, a última palavra-perspectiva "dupla-tripla" ou "sêxtupla" (com seis articulações):

Satanarquiasmonumentalcooliconchavolátil

Enquanto a tia explicava, o olhar de Errônius estava fixo num ponto. Mas sua mente não parava de trabalhar. De repente, com a voz rouca de excitação, ele perguntou:

— Com um milhão de raios gama-super, como é que você sabe de tudo isso?

— As instruções de uso se encontram no começo da receita, no meu pedaço do pergaminho. Não tem erro.

Pelo cérebro do mago passaram milhares de pensamentos, como raios quando uma tempestade se aproxima. Estava claro como água que, com aquele ponche dos desejos, ele conseguiria superar todas as suas deficiências em matéria de maldades. Era espantoso que aquilo tivesse aparecido à sua frente justo naquele momento! Era sua salvação! Poderia até humilhar um pouco o oficial de justiça infernal. Mas precisava obter aquela poção maravilhosa só para ele. Não daria de jeito nenhum sua parte do pergaminho para a tia, por mais que ela oferecesse em troca. Pelo contrário, precisava sem falta da parte dela, custasse o que custasse, mesmo que fosse obrigado a usar sua magia para fazê-la sumir do mundo ou, pelo menos, mandá-la para uma galáxia desconhecida. Só que era mais fácil pensar do que fazer. Ele conhecia muito bem as forças ocultas da tia e sabia que tinha todos os motivos para precisar tomar muito cuidado.

Para que Tirânia não percebesse o tremor de suas mãos, Errônius se levantou e começou a andar de um lado para o outro, com as mãos nas costas. Com o pensamento perdido na distância, parou diante do latão de lixo especial, tamborilou com os dedos na tampa, ao ritmo do sucesso infernal do momento, e murmurou para si mesmo:

– Quieto, sangue; quieto, sangue! – disse Drácula quando viu a senhorita Rosa...

Os dois animais dentro do latão se encolheram, agarraram-se um ao outro e prenderam a respiração. Tinham acompanhado a conversa palavra por palavra.

Errônius voltou-se de repente e disse:
– Infelizmente, acho que a coisa não vai dar em nada, Titi. Sinto muito mesmo. Você se esqueceu de um pequeno detalhe, ou melhor, de dois pequenos detalhes, ou seja, o gato e o corvo. Eles vão querer estar presentes. Como os desejos devem ser pronunciados em voz alta, os dois iriam ouvir tudo. Então o Conselho Supremo dos Animais a pegaria pelo pescoço. E, se nós os prendermos ou usarmos a força, levantaremos suspeitas do mesmo jeito. Seria muita irresponsabilidade

minha dar-lhe a minha parte da receita. Não posso permitir que você se exponha a esse perigo, querida tia.

Tirânia voltou a mostrar seus dentes preciosos.

– É muita gentileza da sua parte, Buzinho, preocupar-se tanto comigo. Mas o que você disse não tem razão de ser. Na verdade, o gato e o corvo *devem* estar presentes! Até faço questão absoluta de que sejam testemunhas. É a parte mais divertida da coisa.

O mago voltou-se.

– Como assim?

– Afinal, não se trata de uma poçãozinha mágica qualquer. O ponche dos desejos satanarquiasmonumentalcooliconchavolátil tem uma característica que, justamente, torna-o ideal. De fato, ele transforma todos os desejos que expressamos em seu *contrário*. Se dizemos que desejamos saúde, o resultado é uma epidemia; se falamos de bem-estar geral, o resultado é a miséria; se falamos de paz, advém a guerra. Entendeu agora, meu Buzinho, como essa coisa é maravilhosa?

Tirânia vibrava de satisfação e continuou:

– Você sabe muito bem o quanto eu gosto de festas de caridade. São minha paixão. Pois hoje vai haver uma verdadeira festa... ah, o que estou dizendo?... uma *orgia* de caridade!

Os olhos de Errônius começaram a brilhar por trás das grossas lentes dos óculos.

– Por todo o estrôncio brilhante do mundo! – gritou ele. – E os espiões ainda serão testemunhas de que fizemos o melhor possível... só pensamos em boas ações para o mundo pobre e sofrido!

– Esta vai ser uma festa de Ano-Novo como eu sempre sonhei, desde que aprendi o feitiço da multiplicação do dinheiro! – disse Tirânia.

O sobrinho acompanhou seu entusiasmo, bradando:

– O mundo há de se lembrar desta noite por muitos séculos! A noite em que a grande catástrofe aconteceu!

– E ninguém vai ficar sabendo – acrescentou ela – de onde veio toda a desgraça!

– Não, ninguém – urrou ele –, pois nós dois, Titi, você e eu, vamos estar ali, como dois cordeirinhos dos mais inocentes!

Um caiu nos braços do outro, e os dois saíram pulando pela sala. Todos os frascos e retortas do laboratório começaram a tocar uma valsa diabólica, estridente e desafinada. Os móveis se balançavam arqueando as pernas, as chamas verdes da lareira dançavam e até o tubarão empalhado da parede batia o ritmo com sua dentadura impressionante.

– Ei, gatinho – sussurrou Jacó. – Acho que estou me sentindo mal. Minha cabeça está esquisita.
– A minha também – cochichou Maurizio. – É essa música. Nós, cantores, temos ouvidos muito sensíveis.
– Gatos talvez – disse Jacó –, mas aos corvos a música não incomoda.

– Talvez seja também do tranquilizante – conjeturou o gatinho.

– No seu caso, pode ser, mas não no meu – murmurou o corvo. – Tem certeza absoluta de que leu corretamente o que está escrito no latão?

– Por quê? – perguntou Maurizio, temeroso.

– Talvez aqui dentro tenha alguma coisa venenosa.

– O quê? Você acha que fomos contaminados? Apavorado, o gatinho fez menção de saltar para fora do latão. Jacó segurou-o com força.

– Pare! Ainda não! Precisamos esperar até os dois saírem, senão estamos perdidos.

– E se eles não saírem nunca?

– Então – matraqueou o corvo, sombriamente –, então vamos nos dar mal.

– Desculpe! – murmurou o gatinho, rangendo os dentes.

– Desculpar o quê?

– Eu não sei ler.

Por um tempo, ficaram em silêncio, depois Jacó grasnou:

– Ah, antes eu tivesse ficado no ninho com a Tamara.

Essa aí é outra? – perguntou Maurizio.

Jacó não deu resposta.

O mago e a feiticeira tinham se deixado cair nas poltronas e tentavam recuperar o fôlego. De vez em quando, um dos dois dava uma risadinha maldosa. Errônius limpou as lentes embaçadas dos óculos com a manga de seu roupão; Tirânia enxugou cuidadosamente o suor de seus lábios superiores com um lencinho de renda, para não borrar a maquiagem.

— Ah, aliás, Buzinho — disse ela, casualmente agora há pouco você disse várias vezes "nós". Só estou querendo evitar mal-entendidos. É verdade que preciso de sua parte do pergaminho e de sua ajuda como especialista, mas você está sendo bem pago por isso, não é? Claro que vou beber o ponche e formular os desejos sozinha. Você não tem nada a ver com isso.

— Engano seu, titia — respondeu Errônius. — Você só iria conseguir ficar num tremendo pileque e possivelmente passar mal. Afinal, você não é mais uma jovenzinha. Deixe isso comigo. Basta me dizer o que você deseja. Só colaboro sob essa condição.

Tirânia subiu pelas paredes.

— Será que ouvi direito? — gritou ela. — Você jurou pelo obscuro palácio bancário de Plutão que ia me vender sua parte.

Errônius esfregou as mãos.

– Ah, é? Não estou lembrado.

– Com mil demônios, Buzinho – ela falou, ofegante. – Você não vai querer quebrar um juramento desses!

– Não jurei nada – respondeu ele, com uma risada sarcástica. – Você deve ter ouvido mal.

– A que ponto nossa tradicional família chegou – disse ela, levando as mãos gorduchas ao rosto. – Nem uma tia velha e ingênua pode mais confiar em seu sobrinho favorito!

– Por favor, Titi – disse ele –, não comece de novo com essa palhaçada!

Por alguns instantes os dois ficaram se encarando, ameaçadoramente.

– Se é assim – manifestou-se finalmente a feiticeira –, então vamos ficar sentados aqui até o ano que vem.

Tirânia olhou novamente para o relógio, e era evidente que estava fazendo um esforço enorme para se controlar. Suas bochechas tremiam, e seu queixo multiplamente duplo também.

Intimamente, Errônius estava se deliciando, embora sua situação também não fosse melhor. Dependera durante tantos anos da feiticeira-do-dinheiro, e ela fizera lhe pesar tanto essa dependência, que agora ele sentia uma satisfação imensa por estar conseguindo dominar a tia.

Errônius gostaria de prolongar aquele jogo por muito mais tempo, mas restavam-lhe poucas horas até a meia-noite.

– O ano que vem – ele murmurou, um pouco distraído – vai começar daqui a pouco.

– É mesmo – disse Tirânia –, e sabe o que vai acontecer então, seu idiota? À primeira badalada dos sinos de Ano-Novo, o ponche dos desejos perde seu efeito de inversão!

– Como sempre, você está exagerando, Titi – disse Errônius, só que um pouco inseguro. – Também não suporto os sinos de Ano-Novo, pois me dão azia. Mas você não vai querer me convencer de que uma única badalada é capaz de anular toda a força mágica infernal de uma poção tão poderosa.

– Não a força mágica – bufou ela –, mas o *efeito de inversão*... o que é muito pior! Nesse caso, a mentira vira verdade, entende? Tudo passa a valer literalmente, como foi dito.

– Um momentinho – disse o mago, irritado. – O que quer dizer isso?

– Quer dizer que precisamos utilizar o ponche sem falta antes da meia-noite, e se possível bem antes da meia-noite. De fato, preciso sorver todo o ponche, até a última gota, e dizer todos os meus desejos antes da primeira badalada do Ano-Novo.

Se sobrar um pouquinho que seja, irá tudo por água abaixo! Imagine só o que acontecerá depois: todos os meus desejos aparentemente bons, inclusive os que eu já tiver pronunciado antes, já não serão realizados ao contrário, mas exatamente como foram formulados.

– Que horror! – gaguejou Errônius. – Terrível! Medonho! Aterrador!

– Pois é, veja só – confirmou a tia. – No entanto, se nos apressarmos, ainda poderá acabar tudo bem.

– Bem? – indagou Errônius, meio confuso. – O que quer dizer bem?

– É claro que estou querendo dizer mal – ela o acalmou. – Bem para nós, mas na verdade mal. Tão mal quanto formos capazes de desejar.

– Maravilhoso! – gritou Errônius. – Grandioso! Fabuloso! Fantástico!

– Isso mesmo, meu jovem – respondeu Tirânia, batendo em seu joelho encorajadoramente. – Por isso é bom você se mexer!

Ao ver que o sobrinho continuava com os olhos arregalados, indeciso, ela tornou a tirar maços e mais maços de notas de dinheiro de sua bolsa-cofrinho, empilhando-os na frente dele.

– Talvez isso ajude a melhorar essa sua paralisia nas pernas. Aqui tem vinte mil... cinquenta... oitenta... cem mil! Mas agora é mesmo minha palavra final. Vá logo e me traga sua parte do pergaminho! Rápido! Corra! Senão posso mudar de ideia.

Errônius não se mexeu. Não tinha nenhuma certeza de que a tia iria levar a sério a ameaça, ou de que ele não estaria pondo tudo a perder com sua última cartada, mas precisava arriscar.

Com o rosto petrificado, disse:

— Pode ficar com seu dinheiro, tia Titi. Não me importo nadinha com ele.

Daí a feiticeira perdeu de vez o controle. Ofegando, ela atirou outros montes de notas na cara dele e gritou, fora de si:

— Tome, tome isso, e mais isso, e mais... o que mais posso lhe oferecer? Quanto você está querendo, sua hiena? Um milhão? Três? Cinco? Dez?...

Ela pegava as notas da montanha de dinheiro com as duas mãos e as jogava para o ar como louca, de modo que havia notas voando por todo o laboratório.

Finalmente, a feiticeira caiu exausta em sua poltrona e disse, arquejante:

— O que está acontecendo, Belzebuzinho? Antigamente você era subornável, ambicioso e, acima de tudo, um jovem simpático e obediente. O que aconteceu para você mudar tanto assim?

— Não adianta, Titi — replicou ele. — Ou você me dá sua parte do pergaminho, ou confessa por que está tão interessada na minha.

— Quem? Eu? — perguntou ela, com voz fraca, numa última tentativa de se fingir de boba. — Como assim? O que eu poderia estar escondendo? É só uma diversãozinha de passagem de ano!

— Pois eu já não acho graça nenhuma nisso — disse Errônius, friamente. — Nosso senso de humor é muito diferente, querida tia. É melhor esquecermos essa bobagem toda. Vamos pôr uma pedra em cima de tudo isso! Aceita uma boa xícara de chá de cicuta?

Em vez de agradecer a gentil oferta, Tirânia teve um ataque de fúria. Por baixo da grossa camada de maquiagem, ela ficou amarela feito marmelo. Soltou um urro incompreensível, que mais parecia uma sirene de navio, pulou da poltrona e começou a sapatear no chão, como uma criança birrenta.

Só que todo o mundo sabe que, quando se trata de feiticeiras e magos, esse tipo de ataque não tem as mesmas consequências que as birras de criança. Com um barulho estrondoso, o piso se rachou. Da rachadura saíram chamas e fumaça. Um camelo imenso e incandescente, com o pescoço em forma de serpente, esticou a cabeça, abriu a bocarra e soltou um balido ensurdecedor perto do ouvido do Conselheiro Secreto de Magias.

Mas o Conselheiro não se abalou.

– Por favor, titia – disse ele, com ar de cansaço –, você está estragando meu assoalho... e meu tímpano.

Tirânia fez um gesto e o camelo desapareceu. O chão fechou-se novamente, sem deixar vestígios da rachadura. Então a feiticeira surpreendeu o mago, fazendo algo totalmente inesperado: ela chorou.

Quer dizer, ela fez que estava chorando, pois é claro que feiticeiras não são capazes de derramar lágrimas verdadeiras. De qualquer modo, ela espremeu o rosto até deixá-lo como um limão seco, enxugou os olhos com seu lencinho de renda e se lamuriou:

– Ah, Buzinho, menino malvado! Por que você tem sempre de me deixar tão irritada? Você sabe como sou temperamental.

Errônius olhava para ela, com cara de nojo.

– Lastimável – disse apenas. – Realmente muito lastimável.

Tirânia ainda tentou produzir alguns soluços, mas depois desistiu de continuar a representação e explicou com a voz entrecortada:

– Está bem. Se eu lhe disser, você vai me ter inteirinha, cem por cento em suas mãos. E com certeza não vai ter escrúpulos em fazer uso disso, pois eu o conheço. Mas não adianta, de um jeito ou de outro estou perdida, mesmo. Hoje esteve lá em casa um funcionário infernal, um tal Maledictus Vérminus, em nome de meu protetor, o Infernal Ministro das Finanças Mamon. Veio me avisar que ainda nesta noite de passagem de ano vou ser penhorada. E isso tudo por culpa sua, Belzebu Errônius! Como sua cliente, agora estou numa enrascada sem tamanho. Porque *você* não concluiu suas tarefas, eu atrasei para cumprir as minhas e não pude praticar todas as maldades que meu contrato exigia. Por isso os Círculos Profundos lá de baixo estão contra mim. Estão me responsabilizando pelo atraso! É isso que eu recebo por ter financiado, por razões familiares, meu sobrinho incompetente e preguiçoso! Se você sentir pelo menos uma faiscazinha de culpa, então me dê agora mesmo sua parte da receita, para que eu possa beber o ponche dos desejos. É minha última esperança de salvação. Senão sobre você re-

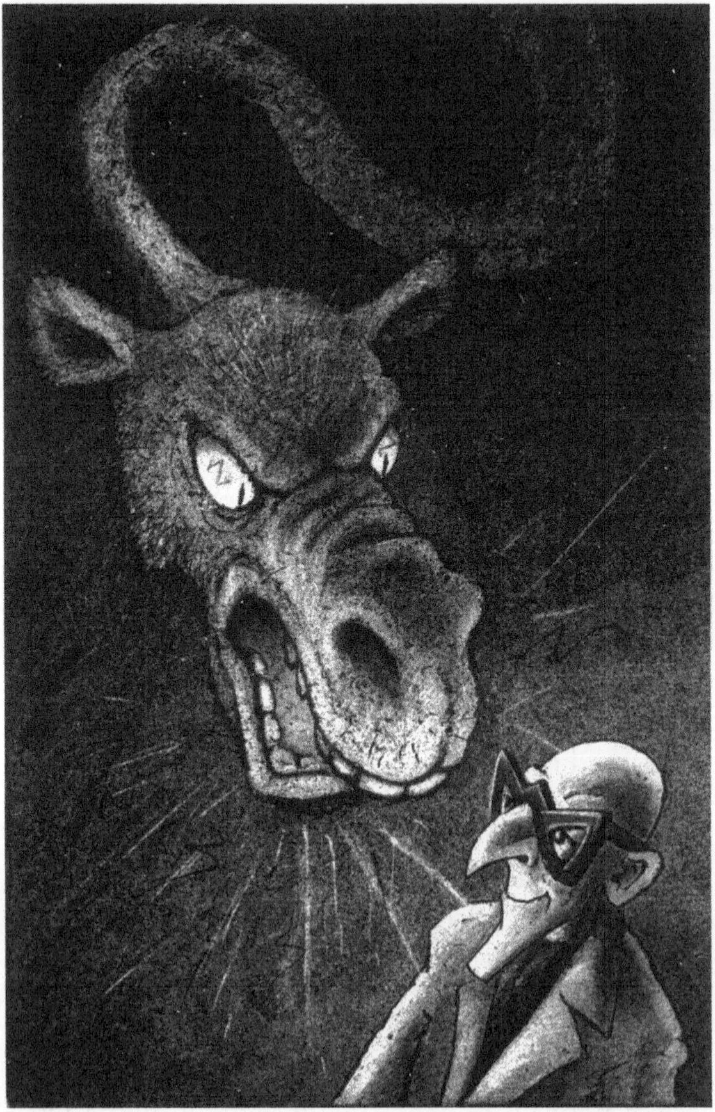

cairá a pior maldição que existe: a maldição da herança da tia!

Errônius endireitou seu corpo comprido e ossudo. Durante o discurso de Tirânia, a ponta de seu nariz ia se esverdeando cada vez mais intensamente.

— Pare aí! — ele gritou, levantando a mão num gesto de alerta. — Pare, antes de fazer alguma coisa da qual possa se arrepender! Se o que você disse é mesmo verdade, então nossa única saída é nos unirmos. Nós dois estamos nas mãos um do outro, minha cara tia. Esse oficial de justiça infernal também esteve aqui em casa, e eu também vou ser penhorado à meia-noite, a não ser que consiga reparar minha falta. Estamos no mesmo barco, minha querida, e só poderemos nos salvar juntos... ou naufragar.

Durante seu discurso, Tirânia havia se levantado. Encarou o sobrinho e estendeu os braços para ele.

— Buzinho — ela murmurou —, deixe-me dar-lhe um beijo!

— Depois, depois — respondeu Errônius, se esquivando. — Agora temos coisas mais importantes a fazer. Vamos nos dedicar juntos e sem demora ao preparo do legendário ponche dos desejos satanarquiasmonumentalcooliconchavolátil, depois vamos bebê-lo juntos. Primeiro eu tomo um copo, depois você toma outro. Assim expressaremos juntos nossos desejos, primeiro eu, depois você, depois eu de novo...

— Não — interrompeu-o a tia —, seria melhor *eu* primeiro, depois *você*.

— Podemos resolver na sorte – ele propôs.
— Por mim, tudo bem – disse ela.

Cada um ficou imaginando que certamente depois arranjaria um jeito de passar a perna no outro. E cada um sabia o que o outro estava pensando. Afinal, os dois eram da mesma família.

— Então, agora vou buscar minha parte da receita – disse ele.

— Vou acompanhá-lo, Buzinho – respondeu ela. – Confiar é bom, controlar é melhor, você não acha?

Errônius foi saindo depressa, e Tirânia o seguiu com uma agilidade surpreendente.

Mal os passos dos dois haviam se afastado, o gatinho caiu de trambolhão para fora da lata. Ele estava com tontura e sentia-se péssimo. O corvo, que não estava em melhores condições, aproximou-se dele voando.

— Bom – crocitou Jacó –, você ouviu tudo?
— Ouvi – disse Maurizio.
— E entendeu tudinho?
— Não – disse Maurizio.

– Pois eu entendi – explicou o corvo. – Agora me diga: quem venceu a aposta?

– Você – disse Maurizio.

– E como vamos fazer com o prego enferrujado, colega? Quem vai ter de engoli-lo?

– Eu – disse Maurizio. E depois acrescentou, levantando a voz um pouquinho: – Assim seja! Vou morrer mesmo, de qualquer jeito.

– Que bobagem! – matraqueou Jacó. – Foi só brincadeira, esqueça! O mais importante é que agora você está convencido de que eu tinha razão.

– Por isso mesmo quero morrer já – replicou Maurizio, com cara de tragédia. – Um mestre-cantor nobre não sobrevive a uma vergonha dessas, você não entende disso.

– Ora, pare com essa besteira! – disse Jacó, irritado. – Deixe para morrer a qualquer outra hora. Agora temos coisa mais importante para fazer.

E ele começou a capengar pelo laboratório.

– Certo, então vou adiar por um tempinho – disse Maurizio. – Antes quero dizer o que penso a esse pilantra inescrupuloso que eu chamava de Maestro. Vou jogar todo o meu desprezo na cara dele. Ele vai ter de saber que...

– Você não vai fazer é nada – interrompeu rapidamente Jacó. – Ou está querendo estragar tudo de novo?

Os olhos de Maurizio brilharam, decididos.

– Não tenho medo de nada. Tenho de pôr toda a minha indignação para fora, senão nunca mais vou poder me olhar de frente. Ele precisa saber o que Maurizio di Mauro pensa dele...

– Claro – disse Jacó, secamente. – Com certeza ele vai ficar muito preocupado com isso. Agora ouça uma coisa, seu tenor heroico! Os dois não podem descobrir de jeito nenhum que nós sabemos o que eles estão pretendendo.

– Por que não? – perguntou o gatinho.

– Porque, enquanto eles não souberem que nós sabemos, talvez ainda possamos impedir tudo, entendeu?

– Impedir? Como?

– Por exemplo com... ora, também não sei. Talvez devêssemos fazer alguma besteira para impedi-los de preparar a tal bebida mágica a tempo. Vamos dar uma de desastrados e esbarrar no vidro onde está a coisa, ou... bem, temos de pensar em alguma coisa. Vamos ficar na moita.

– Ficar onde?

– Garoto, você não entende nada, mesmo. Vamos ficar observando tudo atentamente, entendeu? Prestar bastante atenção em tudo o que eles fizerem. Mas não podemos deixar que percebam que ouvimos a conversa toda. Esse é nosso único trunfo, colega. As coordenadas estão claras agora?

Ele voou até a mesa.

– Ah, sim! – disse Maurizio. – Isso significa que o futuro do mundo está em nossas patas.

– Mais ou menos isso – respondeu o corvo, enquanto andava por cima dos documentos. – De qualquer modo, eu não diria patas.

Maurizio empertigou-se todo e murmurou para si mesmo:

– Ah, um ato de grandeza... O destino chama... Como nobre cavaleiro não temo o perigo...

Ele estava tentando se lembrar de uma famosa ária felina, quando Jacó de repente grasnou: – Ei, venha aqui um pouco!

O pássaro tinha encontrado o rolo de pergaminho de Tirânia sobre a mesa e começou a examiná-lo, primeiro com um olho, depois com o outro.

De um salto, o gatinho se pôs a seu lado.

– Veja, veja! – segredou o corvo. – Se nós jogarmos essa coisa no fogo, todo o ponche mágico vai gorar. Seu Maestro mesmo disse que só com a segunda metade não dá para fazer nada.

– Eu sabia! – gritou Maurizio. – Eu tinha certeza de que nós teríamos uma ideia fabulosa. Bom, então vamos logo, vamos jogar isso fora! E, quando os patifes vierem procurar, aí nós entramos e dizemos...

– Que foi o vento – interrompeu-o Jacó. – É isso que vamos dizer... se for mesmo necessário. Seria melhor não sabermos de nadinha. Você acha que, depois de tudo, estou disposto a acabar sendo esganado por eles?

– Ora, você é mesmo um cretino – disse Maurizio, decepcionado. – Simplesmente não tem nenhum senso de grandeza.

– De fato – disse Jacó –, é por isso que ainda estou vivo. Venha, pegue junto comigo!

Quando os dois foram levantar o pergaminho, ele se desenrolou de repente e levantou a parte dianteira, como se fosse uma serpente imensa na frente do exorcista.

Os dois heróis sentiram o coração nas penas, ou nos pelos, conforme o caso. Encostaram-se um no outro e ficaram olhando para aquela ponta, que balançava de um lado para outro e parecia estar olhando ameaçadoramente para os dois.

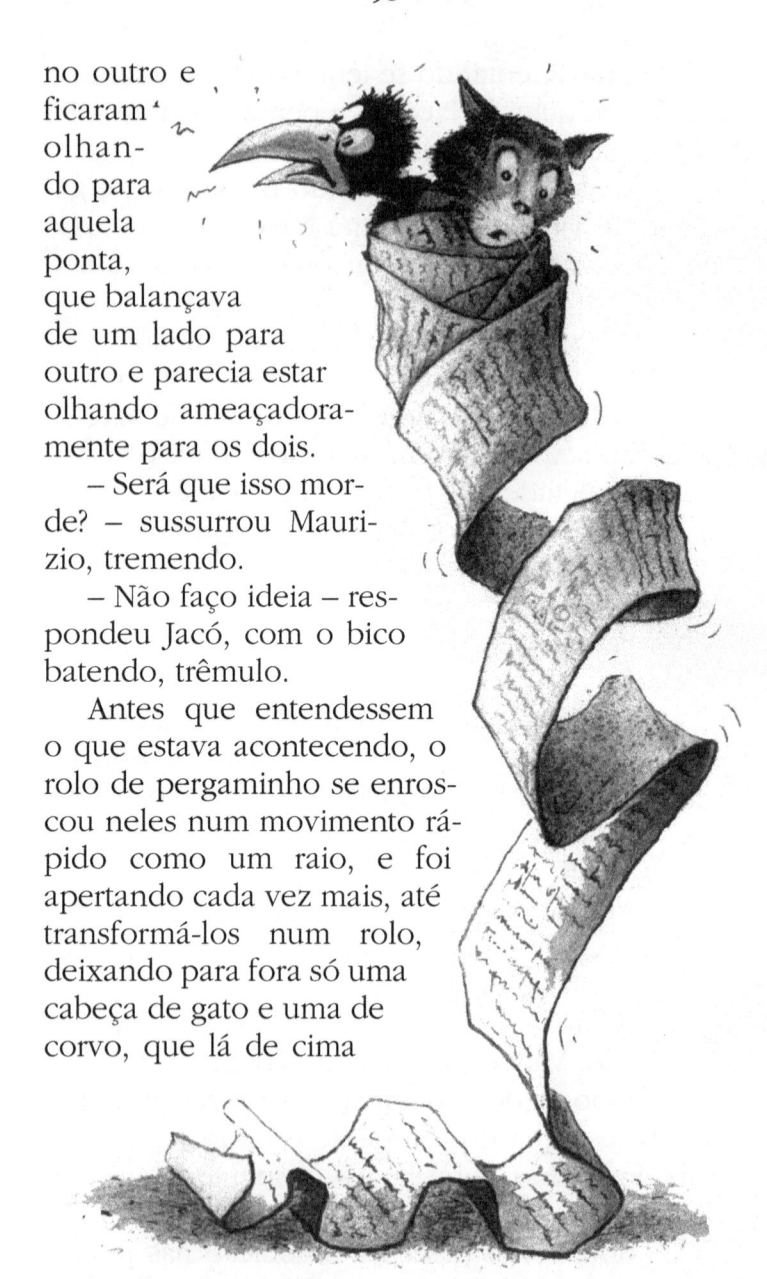

— Será que isso morde? — sussurrou Maurizio, tremendo.

— Não faço ideia — respondeu Jacó, com o bico batendo, trêmulo.

Antes que entendessem o que estava acontecendo, o rolo de pergaminho se enroscou neles num movimento rápido como um raio, e foi apertando cada vez mais, até transformá-los num rolo, deixando para fora só uma cabeça de gato e uma de corvo, que lá de cima observavam tudo. Os dois não conseguiam mais se mover e estavam quase sem ar. O abraço da serpente de pergaminho se estreitava mais e mais.

Eles se debatiam com todas as forças, mas não conseguiam rasgar o pergaminho.

– Arf!... Uff!... Argh! – eram os únicos sons que conseguiam emitir.

Daí soou o baixo rouco de Errônius:

– Arbitrária aparição!
Pelo anel do patrão:
Vida falsa, minhoca de mentira,
vai embora e leva junto tua ira!

Na mesma hora a serpente de pergaminho tombou, estremeceu ainda um pouco e ficou inerte no chão, nada mais do que uma tira comprida de papel escrito.

– Nossos humildes agradecimentos, Excelência – arquejou Jacó. – Foi por um triz!

Maurizio nem conseguia falar, primeiro porque todos os seus ossos estavam doendo, segundo porque tinha perdido a fala, por terem sido salvos justamente por Errônius, a quem ele queria castigar com o mais profundo desprezo. Era muita complicação para sua cabecinha.

Nesse momento Tirânia Vampíria apareceu atrás do mago.

— Ah, por meus rendimentos! — gritou ela. — Coitadinhos, vocês não se machucaram, não é mesmo?

Ela deu uns tapinhas carinhosos na cabeça do corvo.

Também o mago afagou Maurizio e disse num tom de indiferença:

— Escutem, essas coisas não são brinquedos! Você devia saber disso, Maurizio di Mauro. Nunca mexam em nada sem meu consentimento expresso. É perigoso demais. Poderia ter acontecido algo muito grave, e isso teria deixado seu bom Maestro muito, mas muito chateado mesmo.

— Blá-blá-blá-blá... — murmurou o corvo para si mesmo, bem baixinho.

O mago e a feiticeira trocaram um rápido olhar, depois ela perguntou:

— Jacozinho, meu corvo querido, como é que você veio parar aqui?

— Pois não, Madame — respondeu Jacó, com cara de inocente —, eu simplesmente quis anunciar sua visita.

— Ah, é? No entanto, não me lembro de ter pedido isso a você, meu passarinho querido.

— Fiz isso de livre e espontânea vontade, porque achei que a senhora queria simplesmente me poupar, preocupada com o mau tempo e com meu reumatismo. E eu fazia questão de lhe prestar esse favor.

– Sei, sei, foi muita gentileza de sua parte, Jacozinho. Só que, no futuro, prefiro que me consulte primeiro.

– Então fiz alguma coisa errada? – perguntou Jacó, arrependido. – Ah, eu sou mesmo um corvo de má sorte.

– Diga uma coisa – perguntou o mago ao gato –, onde é que vocês dois tinham se metido esse tempo todo, seus malandrinhos?

Maurizio já estava começando a responder, mas o corvo se adiantou rapidamente.

– Esse comedor de passarinhos nojento estava com a intenção de me levar para o quarto dele, Excelência, mas escapei para o porão. Mesmo assim, ele conseguiu me agarrar e me prender numa caixa fedorenta. Passei horas protestando, porque isso não é jeito de tratar um hóspede, então ele abriu e disse que era para eu calar o bico, senão ia me pôr girando no espeto que nem frango assado, e eu me atraquei com ele, e começou aquela briga, e de repente, nem sei como, viemos parar de novo aqui em cima, e então no meio do agarra-agarra essa serpente de papel idiota nos embrulhou, e daí o senhor chegou, por sorte. Mas esse gato... ora, francamente, esse gato devia estar preso numa jaula, isso mesmo, numa jaula, porque ele é muitíssimo perigoso, um verdadeiro animal sanguinário!

Maurizio ficou ouvindo todo aquele palavrório do corvo com os olhos esbugalhados. Algumas vezes tentou interromper, mas por sorte não conseguiu tomar a palavra. Nesse momento Errônius lhe disse, dando risada:

– Bravo, bravo, meu pequeno cavaleiro valente! Só que de agora em diante vocês dois vão ter de se entender. Prometido?

– Só me faltava essa, agora! – grasnou Jacó, virando as costas para Maurizio. – Nunca vou conseguir me entender com um sujeito que quer me fazer virar frango assado. Primeiro ele vai ter de se retratar!

– Mas... – retrucou Maurizio, e a feiticeira o interrompeu.

– Nada de mas! – flauteou ela, com voz suave. – Sejam bonzinhos um com o outro, seus dois malandrinhos! Meu famoso sobrinho e eu estamos pensando em preparar uma coisinha especial para vocês. E, se os dois forem bonzinhos e se entenderem, vão poder participar de nossa festa de fim de ano. Vai ser muito divertido, não é, Buzinho? Não é mesmo?

– Sem dúvida alguma – respondeu Errônius, com um sorriso torto. – Vai ser mesmo um lindo serviço. Se vocês forem bonzinhos.

– Muito contra a vontade – grasnou Jacó. – Mas, já que não tem outro jeito, vamos fazer as pazes, certo, senhor Barão?

Ele cutucou Maurizio com a ponta da asa, e o gato concordou com a cabeça, ainda meio sem entender.

Nesse meio-tempo a feiticeira já tinha voltado a enrolar a serpente de pergaminho. Então o mago tirou de dentro da manga ampla de seu roupão um rolo muito parecido.

– Em primeiro lugar, Titi – explicou ele –, precisamos verificar se as duas partes são realmente autênticas e se elas combinam direitinho. Você sabe qual é a fórmula e o que fazer, certo?

– Tudo bem – respondeu ela.

Depois os dois falaram ao mesmo tempo:

> – Pela força de sessenta e seis
> pentagramas de uma vez,
> que se revele a verdade:
> são partes da mesma unidade?
> Fórmula das trevas, só quero ver
> se de fato tens poder!
> Sob chamas e trovões
> quero ver se te recompões!
> Atenção! – Preparar! – Já!

Então os dois jogaram ao mesmo tempo para o alto seus rolos de pergaminho. Um relâmpago terrível e ofuscante iluminou a sala, milhares de estrelinhas faiscaram no ar, como se um fogo de artifício tivesse acabado de explodir, no entanto sem fazer nenhum ruído.

As extremidades das duas partes se aproximaram, como que atraídas por uma imensa força magnética, juntaram-se e colaram-se uma na outra. Foi uma união tão perfeita, que nem se via o remendo, como se os dois pedaços nunca se tivessem separado.

Com movimentos ondulantes largos e lentos, uma serpente de pergaminho de aproximadamente cinco metros de comprimento veio descendo do teto do laboratório até o chão.

O mago e a feiticeira se entreolharam, satisfeitos.

– E agora – voltou-se Errônius para os animais – deixem-nos sozinhos por alguns instantes. Queremos preparar a entrada do Ano-Novo e para isso não precisamos de vocês.

Jacó, que continuava com a intenção secreta de impedir que o ponche dos desejos ficasse pronto a tempo, implorou que os deixassem ficar, prometendo manter-se bem quietinho e não atrapalhar. Maurizio juntou suas súplicas às do corvo.

– De jeito nenhum, seus bichinhos curiosos – disse Tirânia. – Vocês ficariam nos perturbando o tempo todo com perguntas. Além disso, queremos fazer uma surpresa.

Toda aquela conversa não adiantou nada. Por fim, a feiticeira pegou o corvo, o mago pegou o gato, e levaram os dois à força para o quarto de Maurizio.

– Podem até tirar uma soneca – disse Errônius –, para não terem sono durante a festa. Principalmente você, gatinho.

— Ou, se preferirem, podem se distrair jogando novelo de lã — acrescentou Tirânia. — O principal é vocês se comportarem e não voltarem a brigar. Quando tudo estiver pronto, viremos buscá-los.

— E, para vocês nem pensarem em ir nos espiar e estragar a surpresa — acrescentou Errônius —, vamos deixar os dois trancados aqui.

Ele fechou a porta e girou a chave pelo lado de fora. E os passos dos dois se afastaram.

Jacó Craco voou até o encosto do velho sofá de veludo. Algumas molas saltavam para fora do estofamento rasgado, de tanto que o gato já tinha afiado as garras nele.

— Só faltava essa! — reclamou o corvo, amargamente. — Agora estamos nós dois aqui sentados, os superespiões, com cara de trouxas.

A primeira coisa que Maurizio fez foi correr para sua luxuosa caminha de dossel, mas depois, embora estivesse se sentindo cansado e doente, tomou a heroica decisão de não se enfiar nela. A situação era séria demais para ele pensar em tirar uma soneca.

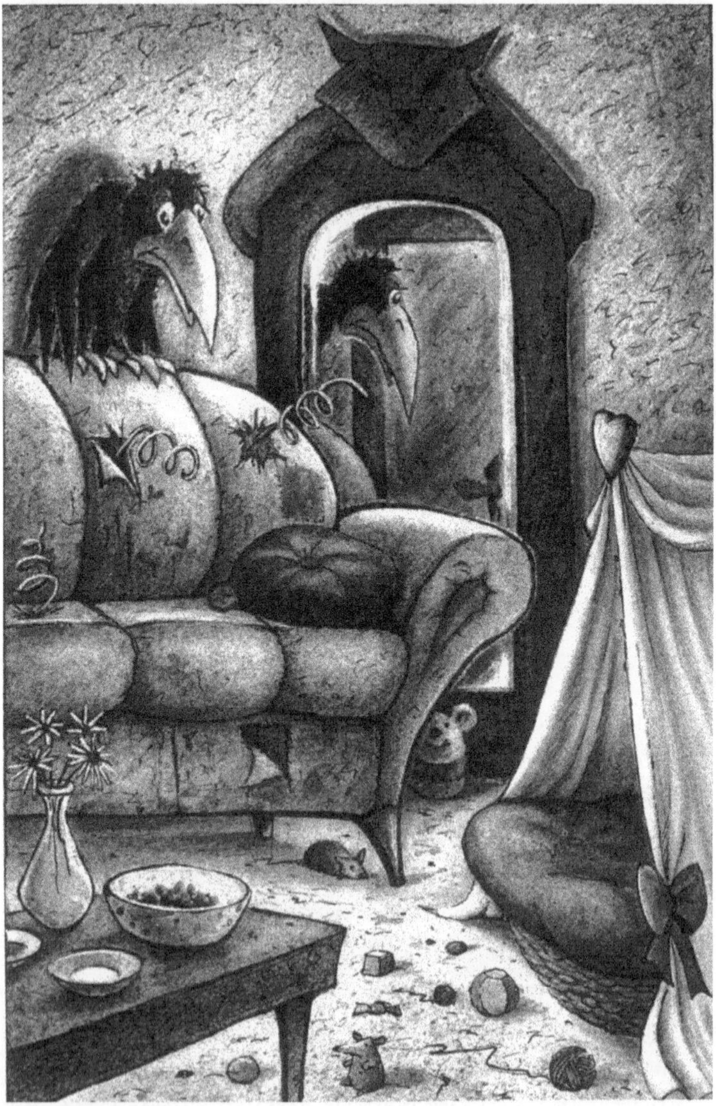

– O que vamos fazer agora? – perguntou o gato, confuso.

– O que vamos fazer? – grasnou Jacó. – Vamos fazer cara de idiotas, só isso, nada mais que isso! A tentativa de impedir alguma coisa foi por água abaixo! É o que sempre digo:

> A cada hora
> a situação piora.

E é verdade, porque rima. Isso ainda vai acabar muito mal!

– Por que você fica repetindo isso o tempo todo? – reclamou Maurizio.

– Porque é minha filosofia – explicou Jacó. – O negócio é pensar sempre no pior, e depois fazer o possível para evitá-lo.

– E o que *é possível* fazer? – perguntou Maurizio.

– Coisíssima nenhuma – admitiu Jacó.

Maurizio estava bem na frente da mesinha, de onde o seduziam o creme de leite e várias outras delícias apetitosas. Custou-lhe um enorme esforço, mas ele conseguiu resistir também àquela tentação, mesmo porque agora já sabia do efeito funesto provocado por aquela comida.

Por um momento tudo ficou em silêncio, só a tempestade de neve assobiava em torno da casa.

– Vou lhe dizer uma coisa, gatinho – finalmente o corvo voltou a se manifestar –, estou farto dessa profissão de agente secreto. Ninguém pode exigir isso de mim. Está acima de minhas forças de corvo. Vou sair dessa. Estou fora.

– Justo agora? – contestou Maurizio. – Você não pode fazer isso!

– Posso, sim! – respondeu Jacó. – Não estou mais gostando disso. Quero levar uma vida normal de vagabundo, como antes. Neste momento, eu queria estar com a minha Ramona no nosso ninho quentinho.

Maurizio sentou-se e ficou olhando para ele.

– Ramona? Por que Ramona, agora?

– Porque ela é a que está mais longe daqui – disse Jacó, amargurado –, e distância é o que eu mais desejo agora.

– Sabe – continuou Maurizio, depois de um tempinho eu também gostaria, agora, de estar perambulando por países bem distantes, amolecendo todos os corações com minhas canções. Mas, se esses dois patifes, com sua magia, arruinarem o mundo hoje à noite, que tipo de vida ainda será possível para um menestrel? Isso se ainda houver vida.

– E daí? – grasnou o corvo, zangado. – O que podemos fazer para mudar as coisas? Ainda mais nós, dois animaizinhos miseráveis? Por que alguma outra pessoa não se preocupa com isso... lá em cima no céu, por exemplo? Sabe, há uma coisa que eu gostaria mesmo de saber: por que os maus sempre têm tanto poder no mundo, e os bons nunca têm nada... a não ser reumatismo? Não é justo, gatinho. Não, não é justo! Estou farto de tudo isso. Pois vou entrar agora mesmo em greve.

E ele meteu a cabeça debaixo da asa, para não ver nem ouvir mais nada.

Dessa vez tudo ficou tanto tempo em silêncio, que o corvo acabou dando uma espiada cautelosa por baixo da asa, dizendo:

– Pelo menos você podia me contradizer.

– Preciso refletir sobre tudo isso que você falou – respondeu Maurizio. – Estou achando que é bem diferente. Minha tataravó Mia, que era uma gata muito sábia, sempre dizia: se você for capaz de se entusiasmar por alguma coisa, então aja; se não for, então durma. Preciso ser capaz de me entusiasmar, por isso estou tentando ver o lado positivo da coisa, para fazer *por ela* o que for possível. Infelizmente não tenho tanta experiência e compreensão da vida como você, senão com certeza conseguiria saber o que fazer.

O corvo tirou a cabeça de baixo da asa, abriu e fechou o bico. Aquele reconhecimento inesperado por parte de um famoso artista de origem cavaleiresca deixara-o sem fala. Em toda a sua vida insignificante de corvo, era a primeira vez que isso acontecia.

Jacó pigarreou.

– Hum... bem – grasnou –, uma coisa é certa: se continuarmos sentados aqui, nada vai acontecer. Temos de sair. Só me pergunto como. A porta está fechada. Você consegue pensar em uma saída?

– Talvez eu consiga abrir a janela – propôs Maurizio, solícito.

– Tente!

– Para quê?

– Temos de nos pôr a caminho... provavelmente vai ser um longo caminho.

– Para onde?

– Procurar ajuda.

– Ajuda? Você está se referindo ao Conselho Supremo?

– Não, para isso é tarde demais. Até conseguirmos chegar lá e o Conselho poder tomar alguma providência, já seria mais de meia-noite. Não adiantaria fazer mais nada.

– Então quem poderia nos ajudar?

Jacó ficou coçando a cabeça com a garra, pensativo.

– Não faço ideia. Agora só um pequeno milagre pode nos salvar. Talvez o destino seja razoável, embora... pela minha experiência não se possa confiar muito nisso. Mas podemos tentar.

– Isso é muito pouco – disse Maurizio, queixoso. – Não dá para me entusiasmar com isso.

Jacó concordou, sombrio.

– Tem razão. Aqui dentro está mais quentinho. Só que, enquanto ficarmos aqui, não teremos nenhuma chance.

Maurizio pensou um pouquinho, depois deu um passo para trás, tomou impulso, saltou para o parapeito e, com algum esforço, abriu a janela.

Começou a cair neve para dentro.

– Bem, lá vamos nós! – grasnou o corvo, voando para fora.

Imediatamente ele foi apanhado por uma rajada de vento e desapareceu na escuridão.

O gatinho gorducho juntou toda a sua coragem e saltou atrás. Afundou num monte de neve, que quase o encobriu. Teve um trabalhão para sair de lá.

– Jacó Craco, onde você está? – ele miou, assustado.

– Aqui! – respondeu a voz do corvo, nas proximidades.

Em qualquer tipo de magia, não basta conhecer a fórmula certa, ter em mãos os acessórios certos e empregar o procedimento certo, na hora certa. Também é importante encontrar-se no estado de espírito certo. O humor do mago deve estar de acordo com o tipo de trabalho que ele tem em mente. Aliás, isso vale tanto para a magia negativa, má, quanto para a magia boa (que naturalmente também existe, embora nos dias de hoje seja bem mais rara). Para realizar um feitiço bom, é preciso que a pessoa esteja equilibrada e cheia de sentimentos afetuosos; para realizar um feitiço mau, precisa estar desequilibrada e cheia de sentimentos de ódio. Nos dois casos, é necessária uma determinada preparação.

E era exatamente isso que o mago e a feiticeira estavam fazendo.

No laboratório resplandecia um brilho frio de refletores elétricos, lampadazinhas e candelabros, que cintilavam, oscilavam e bruxuleavam de todos os cantos.

A sala estava enevoada, pois vários incensórios exalavam espessas nuvens de várias cores, que se arrastavam pelo chão e subiam pelas paredes, formando caras e caretas de todo tipo, grandes e pequenas, que iam se desmanchando para, logo em seguida, tomarem novas formas.

Errônius estava sentado na frente de seu órgão, batendo nas teclas com gestos largos. Os tubos do instrumento eram formados por ossos de animais sacrificados: os menores eram de coxinhas de galinhas, os grandes eram de focas, cachorros e macacos, e os maiores eram de elefantes e baleias.

Tia Tirânia estava de pé a seu lado, virando as folhas da partitura. Quando os dois começaram a cantar juntos o Coral Número CO_2 do *Livro de Cânticos de Satã,* produziram um som horroroso.

> Maldade soa a oitava hora.
> Do poço das almas proclamo agora:
> malditos sejam razão e harmonia,
> afastem-se verdade e sabedoria!
>
> Mentira, reforça meu palavrório!
> Fervida no laboratório
> ela surge: o mundo vira ilusão
> e o real se desfaz, como bolha de sabão.
>
> Nenhuma ordem, nenhuma beleza,
> nem do espírito, nem da natureza.
> Já não existe liberdade,
> reina apenas a arbitrariedade.

De consciência não queremos saber,
ilimitado, portanto, é nosso poder.
Podemos fazer tudo, perfeito!
Então tudo agora será feito.

Que se rompa qualquer laço,
este será o primeiro passo.
Iniciamos com isso nossa ciência,
que é o absurdo, a loucura, a demência!

E, depois de cada estrofe, seguia-se o refrão:

Para o ponche da maldade preparar
a magia negra está pra chegar!

Era essa a assim chamada sintonia. Não era à toa que eles tinham impedido os animais de presenciarem aquele ato. De qualquer modo, o mago e a feiticeira encontravam-se agora no estado de espírito certo para seu trabalho.

– Em primeiro lugar – explicou Errônius –, precisamos fabricar agora o recipiente adequado para o ponche dos desejos satanarquiasmonumentalcooliconchavolátil.

– Fabricar? – espantou-se Tirânia. – Quer dizer que você não tem nem uma poncheira ou qualquer outro recipiente entre seus utensílios de jovem solteiro?

– Querida tiazinha – disse Errônius, condescendente –, você não faz mesmo a menor ideia do que sejam poções alcoólicas. Nenhuma poncheira do mundo, nem que fosse lavrada a partir de um único diamante, aguentaria o procedimento exigido

para o preparo desse nosso ponche. Ela se partiria em mil pedaços, ou se fundiria, ou simplesmente evaporaria.
— Então o que vamos fazer?
O mago sorriu, com ar de superioridade.
— Já ouviu falar de *fogo frio*?
Tirânia balançou a cabeça, negativamente.
— Bem, então preste atenção — disse Errônius. — Veja se aprende alguma coisa, Titi.

Ele foi até uma prateleira, pegou uma espécie de lata de *spray* imensa e a levou até a lareira, onde naquele momento o fogo ardia em labaredas bem altas. Enquanto espirrava alguma coisa invisível nas chamas, o mago falou:

> — Chamas, formas de fogo e ar,
> que o tempo faz vibrar,
> sua dança selvagem e quente
> é ilusória e só aparente.
>
> Traje da corporação da salamandra,
> que avança pelo tempo que não anda.
> Chamas, formas de fogo e ar,
> duras e frias hão de se tornar.

No mesmo instante o fogo deixou de vibrar, ficou parado, totalmente imóvel, parecendo uma planta grande e estranha, com folhas verdes, brilhantes e pontudas.

Errônius meteu as mãos lá dentro e puxou para fora folha por folha, até não conseguir mais carregá-las nos braços. Assim que terminou de fazer isso, um novo fogo começou a arder na lareira, dançando como antes.

O mago foi até a mesa no meio do laboratório, onde colocou as folhas duras, verdes e vítreas, juntando-as como se fossem as peças de um quebra-cabeça. Onde suas bordas se encaixavam, elas se fundiam de imediato em uma única peça. (Em *qualquer* fogo, as diferentes formas das chamas, quando se juntam, sempre compõem um todo. Acontece que essas formas mudam tão depressa, que não conseguimos observar o fenômeno a olho nu.)

Logo surgiu das mãos habilidosas de Errônius uma tigela rasa. Depois ele foi levantando suas bordas até formar, finalmente, uma espécie de aquário grande e redondo, de cerca de um metro de altura e igual diâmetro. Ele emanava um brilho esverdeado e de algum modo parecia irreal.

– Bem – disse o mago, limpando os dedos no roupão –, aí está. Nada mau, não é mesmo?

– Você acha que isso aguenta? – perguntou a feiticeira. – Cem por cento?

– Pode confiar – respondeu ele.

– Belzebu Errônius – disse Tirânia, com um misto de inveja e respeito –, como conseguiu fazer isso?

– Dificilmente você entenderia esses procedimentos científicos, titia – retrucou ele. – Calor e movimento só existem no tempo que corre positivamente. Quando borrifamos sobre eles momentos negativos, chamados de antipartículas, um tempo anula o outro, e o fogo se torna rígido e frio, como você mesma pôde observar.

– Pode-se tocar nele?
– Claro.
A feiticeira passou cuidadosamente a mão na superfície do imenso recipiente. Depois perguntou:
– Você me ensina como se faz, Buzinho?
Errônius balançou a cabeça.
– Segredo profisisional!

O Parque Morto, que circundava a Vila Pesadelo, não era muito grande. Embora se encontrasse no meio da cidade, nunca nenhum dos habitantes dos arredores o tinha visto, pois era circundado por um muro de pedra de três metros de altura.

Feiticeiros também são capazes de criar obstáculos invisíveis, que consistem em esquecimento, tristeza ou até confusão mental. Assim, Errônius, além do muro de pedra, ainda havia criado uma barreira de medo e pavor em torno de sua propriedade, que fazia qualquer curioso querer se afastar bem depressa e desistir de tentar saber o que havia por trás da muralha.

A única abertura do muro era um portão alto, de grades enferrujadas, mas dali também era impossível espiar para dentro do parque, pois a visão era bloqueada por uma cerca viva de imensos espinheiros escuros, densos e emaranhados. Errônius utilizava esse portão quando saía com seu Magomobil, o que aliás acontecia muito raramente.

O Parque Morto, antes de receber esse nome, era formado por uma grande quantidade de imensas árvores maravilhosas e grupos de arbustos dos mais pitorescos, que agora estavam todos sem folhas – e não só porque era inverno. Durante décadas o mago testara naquelas plantas suas descobertas científicas, manipulando seu crescimento, inibindo sua reprodução, esgotando suas substâncias vitais, até levá-las pouco a pouco à morte. Só restavam agora galhos secos e encarquilhados apontando para o céu, como num gesto de sofrimento de quem tivesse bradado por socorro antes de morrer, sem que ninguém ouvisse seus gritos mudos. Fazia muito tempo que já não havia aves no parque, nem mesmo no verão.

O gatinho gorducho caminhava com dificuldade pela neve alta, e o corvo ia saltitando e voando baixo perto dele, de vez em quando sendo arrastado pelo vento forte. Os dois iam calados, pois precisavam poupar forças para seguir adiante.

O muro alto de pedra não era problema para Jacó, mas era um problemão para Maurizio. Então ele se lembrou do portão de ferro por onde entrara havia algum tempo, e os dois se esgueiraram através das grades retorcidas.

Também não tiveram dificuldade em transpor a barreira invisível de medo, pois tinha sido construída especialmente para seres humanos. Ela consistia em pavor de fantasmas. Isso significava que mesmo os incrédulos convictos, assim que chegavam àquela zona, passavam repentinamente a acreditar em fantasmas e fugiam num piscar de olhos.

A maioria dos animais também tem medo de fantasmas, no entanto, gatos e corvos são os menos atingidos.

– Diga uma coisa, Jacó – perguntou Maurizio, baixinho –, você acredita em fantasmas?

– Claro que acredito – respondeu Jacó.

– Já viu algum?

– Eu mesmo, não – disse Jacó –, mas meus antepassados, em tempos remotos, sempre se empoleiravam em forcas onde viam enforcados se balançando. Ou faziam seus ninhos em telhados de castelos mal-assombrados. De qualquer modo, naquela época havia um monte de fantasmas, um monte. No entanto, os da nossa espécie nunca tiveram nenhum tipo de problema com eles. Não que eu saiba. Pelo contrário, meus parentes até eram amigos de alguns.

– É – disse Maurizio, com valentia –, com meus antepassados acontecia a mesma coisa.

Enquanto iam conversando, transpuseram a barreira invisível e chegaram à rua.

As janelas dos edifícios estavam intensamente iluminadas, pois por toda parte as pessoas já festejavam a chegada do Ano-Novo ou se preparavam para a festa. Poucos automóveis ainda circulavam pelas ruas, e raríssimos pedestres, sempre com o chapéu enterrado na cabeça, dirigiam-se com passos apressados para um lugar qualquer.

Ninguém da cidade fazia a menor ideia da desgraça que se preparava na Vila Pesadelo. E, também, ninguém prestava atenção no gatinho gorducho e no corvo todo machucado que caminhavam sem rumo certo, à procura da salvação.

No início os dois acharam que poderiam simplesmente se dirigir a algum dos passantes, mas logo desistiram da ideia. Em primeiro lugar, era muito improvável que uma pessoa comum pudesse entender seus miados e grasnidos (com certeza, qualquer um apenas os levaria para casa e os prenderia numa gaiola); em segundo lugar, eles sabiam, por experiência própria, que dificilmente havia esperança de sucesso quando animais pediam ajuda a seres humanos. Mesmo quando era do interesse da humanidade ouvir o apelo da natureza, as pessoas sempre se faziam de surdas. Muitos animais já tinham chorado lágrimas de sangue, e a humanidade simplesmente continuava a agir como sempre fizera.

Não, não dava para esperar nenhuma salvação que dependesse dos seres humanos. A quem apelar, então? Jacó e Maurizio não sabiam. Simplesmente continuavam a andar, sem rumo definido. Na rua era um pouco mais fácil caminhar, mas eles avançavam devagar, pois a tempestade de neve os golpeava de frente. No entanto, quem não sabe para onde está indo não tem pressa.

Depois de percorrerem um bom trecho em silêncio, um ao lado do outro, Maurizio disse em voz baixa:

– Jacó, talvez essas sejam nossas últimas horas de vida. Por isso tenho de lhe dizer uma coisa, de qualquer jeito. Eu nunca poderia imaginar que faria amizade com um pássaro, muito menos com um corvo. Mas agora estou orgulhoso de ter encontrado um amigo tão esperto e experiente como você. Sério mesmo, tenho grande admiração por você.

O corvo pigarreou, um pouco embaraçado, e depois respondeu com voz rouca:

– Também nunca imaginei que um dia teria um leal companheiro que, além de artista famoso, é milionário. Nem consigo expressar isso direito. Nunca ninguém me tratou com boas maneiras ou me dirigiu palavras gentis. Sabe, eu sou apenas um vagabundo errante, ora aqui, ora ali, e assim, de um jeito ou de outro, tenho conseguido levar a vida. Não sou tão instruído quanto você. O ninho todo torto onde eu saí do ovo era um ninho de corvo comum, meus pais eram corvos comuns, aliás, muito comuns. Ninguém jamais gostou de mim de um jeito especial, nem eu mesmo. E não sou nem um pouquinho musical. Nunca aprendi nenhuma canção bonita. Mas admiro muito quem sabe coisas desse tipo.

– Ah, Jacó, Jacó – exclamou o gatinho, esforçando-se para não mostrar que estava quase chorando –, na verdade eu não descendo de uma tradicional estirpe de cavaleiros, e meus antepassados também não eram de Nápoles. Para dizer a verdade, nem sei direito onde fica esse lugar. Também não me chamo Maurizio di Mauro, esse nome é inventado. Na verdade eu me chamo

Maurício... pura e simplesmente Maurício. Você pelo menos sabe quem foram seus pais... eu nem isso, porque cresci num porão úmido, junto com um monte de gatas barulhentas e selvagens. Ora era uma que fazia papel de mãe, ora era outra, dependendo da situação e da vontade de cada uma. Na hora de garantir a comida, os outros gatinhos eram todos bem mais fortes que eu. Por isso sou tão pequeno e tenho um apetite tão grande. Menestrel famoso, então, é que eu nunca fui, mesmo. E nunca tive voz bonita.

Por um tempinho, tudo ficou em silêncio.

– Por que, então, você inventou isso tudo? – perguntou Jacó, pensativo.

O gato refletiu um pouco.

– Também não sei direito – admitiu. – Na verdade, era o sonho da minha vida, entende? Eu gostaria muito de ter sido um artista... grande, bonito e elegante, com pelo branco e sedoso e uma voz maravilhosa. Daqueles que todos adoram e admiram.

– Hum – fez Jacó.

– Mas era só um sonho – continuou o gatinho –, e eu sempre soube que nunca poderia se tornar realidade. Por isso simplesmente fingi que era tudo verdade. Você acha que foi um pecado muito grande?

– Não faço a menor ideia – grasnou Jacó. – Não entendo nada de pecado e dessas coisas de religião.

– Mas você... você está bravo comigo por causa disso?

– Bravo? Ora, deixe de bobagem. Só acho você meio biruta. Mas fora isso você é um bom sujeito.

Por um instante, o corvo abraçou o amigo com sua asa estropiada.

– E, pensando bem – ele continuou –, até que o nome Maurício não é tão ruim, pelo contrário.

– Não, não é por isso. É que, afinal, eu não sou nenhum cantor famoso.

– Quem sabe – disse o corvo, absorto em seus pensamentos. – Já vi muitas mentiras acabarem se tornando realidade... então não eram mentiras.

Maurício olhou de esguelha para seu companheiro, um pouco inseguro, porque não tinha entendido muito bem o que ele queria dizer com aquilo tudo.

– Está querendo dizer que talvez eu ainda possa me tornar um cantor? – perguntou o gato, com os olhos arregalados.

– Se vivermos o suficiente... – respondeu Jacó, mais para si mesmo.

O gatinho continuou, entusiasmado:

– Já lhe falei da tia Mia, a velha gata que sabia de tantas coisas misteriosas. Ela também morava conosco no buraco do porão. Agora já faz tempo que está no céu, junto do Grande Gato, como todos os outros, menos eu. Pouco antes de morrer, a tia Mia me disse: "Maurício, se você quer mesmo se tornar um grande artista, precisa conhecer todos os altos e baixos da vida, pois só quem os conhece pode comover todos os corações." Foram exatamente essas as suas palavras. Você consegue entender o que ela quis dizer com isso?

– Ora – respondeu o corvo, secamente –, os baixos você já viveu bastante.

– Você acha? – perguntou Maurício, satisfeito.

– Claro – grasnou Jacó –, mais baixo que isso é quase impossível, gatinho. Agora só lhe faltam os altos.

Em silêncio, os dois continuaram andando em meio à neve e ao vento.

Lá longe, no fim da rua, destacava-se no céu noturno a torre da grande catedral.

Nesse meio-tempo, o trabalho no laboratório seguia a todo vapor.

A primeira coisa a fazer tinha sido procurar e juntar as diferentes substâncias necessárias para fabricar o ponche dos desejos satanarquiasmonumentalcooliconchavolátil. A longa tira de pergaminho estava desenrolada no chão, com pilhas de livros em suas extremidades para que não voltasse a se enrolar.

Depois de lerem mais uma vez, com cuidado e atenção, as instruções dadas no início, Errônius e Tirânia começaram a preparar a receita propriamente dita. Os dois estavam agachados, debruçados sobre o texto, e tentavam decifrar o que estava escrito. Para quem não fosse mago, tratava-se de uma tarefa absolutamente impossível, pois era uma escrita secreta, tremendamente complicada: o chamado código infernal. Mas os dois sabiam muito bem decifrá-lo. Além disso, as informações sobre as substâncias básicas necessárias eram relativamente fáceis de entender.

Traduzido para a nossa escrita, o começo da receita era o seguinte:

> Fluem pelo inferno em quatro momentos
> rios, fontes obscuras de sofrimentos:
> o Cocito, o Aqueronte,
> o Estige e o Piriflegetonte.
> Gelo e fogo, veneno e lamas,
> pegue de cada um cem gramas.
> Misture depressa e levemente
> o drinque básico do ponche demente.

Como qualquer mago que possua um laboratório bem equipado, Errônius tinha disponíveis as quatro substâncias em quantidade suficiente. Enquanto as procurava e as misturava, Tirânia ia lendo o passo seguinte:

> Agora é a vez do dinheiro:
> arranje moedas, dez mil,
> aos pobres do mundo inteiro
> extorquidas de maneira vil.
> Liquefaça os juros somente,
> três quartos de litro, ou até mais.
> Ponha tudo no recipiente,
> e mantenha as aparências legais!

Naturalmente, a feiticeira sabia muito bem como se faz dinheiro líquido. Num piscar de olhos os três quartos de litro reluziam na poncheira de fogo frio. Um brilho dourado espalhou-se pela sala.

Então Errônius despejou seu líquido infernal no recipiente, e o brilho apagou-se. O preparado era negro como a noite e, de vez em quando, soltava relâmpagos, como artérias palpitantes, que logo voltavam a desaparecer.

A terceira indicação dizia o seguinte:

> Lágrimas de crocodilo você deve verter
> em boa quantidade, o mais possível.
> Gota a gota deixe-as correr,
> expondo assim seu sacrifício incrível.
> Depois de mexer violentamente,
> acrescente o vinho chorado,
> até tudo se juntar totalmente,
> ao que foi antes misturado.

Naturalmente, isso já era mais difícil, pois, como vimos antes, feiticeiras e magos malvados não conseguem derramar nenhuma lágrima, nem mesmo lágrimas fingidas.

Mas também nesse caso Errônius sabia o que fazer. Lembrou-se de que tinha estocadas no porão várias garrafas dessas tais lágrimas de crocodilo, de um ano muito produtivo. Tinham sido presente de um certo governante que era um de seus clientes preferenciais. Ele foi buscar as garrafas, que eram sete. Depois que Errônius despejou seu conteúdo na mistura escura e mexeu violentamente, o líquido novamente mudou de cor e foi se tornando cada vez mais vermelho, até ficar cor de sangue.

E assim foram prosseguindo. Ora era Errônius que sabia o que fazer, ora era Tirânia. Incentivados por sua má vontade, os dois trabalhavam juntos tão incansavelmente, como se nunca tivessem feito outra coisa na vida.

Só uma vez começaram a discutir de novo. Foi quando chegaram à parte da receita que dizia:

> Pegue massa cinzenta em quantidade
> (veja lá, não erre a medida!)
> que seja exatamente a metade
> do comprimento de sua cor preferida.

Medir o comprimento de uma cor não era problema para os dois. A discordância surgiu na hora de decidir *de quem* deveria ser a cor preferida utilizada. Tirânia argumentava que devia ser a dela, porque a parte do rolo de pergaminho onde estava essa indicação pertencia a ela. Errônius, por sua vez, insistia em que só poderia ser a cor preferida dele, pois toda a experiência estava sendo realizada em seu laboratório.

Provavelmente os dois não teriam chegado a um acordo tão depressa, se não tivessem descoberto, para seu alívio, que a metade do amarelo-enxofre tinha exatamente o mesmo comprimento que a metade do verde-veneno. Assim, mais esse problema foi resolvido.

Bem, com certeza ninguém esperava encontrar aqui a lista completa de todos os ingredientes necessários para preparar o ponche dos desejos satanarquiasmonumentalcooliconchavolátil. Achamos melhor não publicá-la nesta história, não só porque é uma lista imensa (afinal, o rolo com a receita tinha cinco metros de comprimento), como também por causa de uma preocupação muito séria: afinal, nunca se sabe nas mãos de quem um livro como este pode cair, e não queríamos que ninguém se visse tentado a preparar essa bebida diabólica. No mundo há muita gente como Errônius e Tirânia. Portanto, pedimos ao leitor sensato que compreenda nossas razões ao omitirmos a maior parte dos ingredientes.

Jacó Craco e Maurício estavam sentados ao pé da torre da catedral, que se elevava em direção ao céu noturno como uma montanha imensa e escarpada. Os dois olhavam para o alto, em silêncio.

Depois de um tempinho, o corvo pigarreou.

– Lá em cima – disse ele –, antigamente morava uma coruja que era minha conhecida. Uma senhora muito simpática. Tinha umas opiniões meio malucas sobre Deus e o mundo, por isso sempre preferiu morar aqui sozinha e só saía à noite. A coruja sabia um montão de coisas. Se ela ainda estivesse aí, poderíamos lhe pedir algum conselho.

– Onde ela está agora? – perguntou o gato.

– Não faço ideia. Ela se mudou, porque não suportava mais a poluição. Sempre foi meio tímida. Talvez nem esteja mais viva.

– Que pena – disse Maurício. E, depois de uns instantes, ele acrescentou: – Talvez o barulho dos sinos também a incomodasse. Lá em cima... tão de perto... deve ser terrível.

– Acho muito improvável – disse Jacó. – O toque dos sinos nunca incomodou as corujas.

Depois de uns instantes, o corvo repetiu, pensativo:

– O toque dos sinos... espere um pouco... o repicar dos sinos...

De repente ele deu um pulo e gritou alto:

– É isso! Já seeei!

– O quê? – perguntou Maurício, espantado.

– Nada – respondeu Jacó, de novo em voz baixa, com a cabeça entre as asas. – Não vai dar certo. Não tem sentido. Era bobagem. Desculpe.

– O quê? Diga logo!

– É que eu tive uma ideia.

– Que ideia?

– Bom, por um momento achei que podíamos tocar os sinos de Ano-Novo antes da hora, agora mesmo, entende? Isso neutralizaria o efeito de inversão do ponche mágico. A feiticeira e o mago disseram que só o primeiro toque dos sinos de Ano-Novo já seria suficiente para isso acontecer.

Lembra? Daí os desejos falsos dos dois se realizariam como coisa boa. Foi isso que eu pensei.

O gatinho ficou olhando para o corvo, com os olhos arregalados. Demorou um pouquinho para ele entender, e então seus olhos começaram a brilhar.

– Jacó – disse ele, respeitosamente. – Jacó Craco, velho amigo, acho que você é mesmo um gênio. Essa é a salvação! É isso mesmo, estou maravilhado.

– Bom seria –

grasnou Jacó, sombriamente. – Só que simplesmente não vai dar certo.

– Por que não?

– Ora, basta pensar numa coisa: quem iria tocar os sinos?

– Quem? Você, é claro! É só ir voando até o alto da torre e fazer soar os sinos. É coisa de criança!

– É, antes fosse! – grasnou o corvo. – Coisa de criança! É o que você pensa! Só se for de criança gigante. Por acaso você já viu o tamanho desses sinos, meu caro colega?

– Não.

– Pois é! Eles são grandes e pesados como um caminhão. Você acha que um corvo consegue balançar um caminhão, ainda mais um corvo que sofre de reumatismo?

– Por acaso não existe um sino que seja menor? Um sino qualquer...

– Escute aqui, Maurício, o sino menorzinho tem o peso de um barril de vinho.

– Então vamos tentar juntos, Jacó. Com certeza nós dois conseguimos. Vamos! O que está esperando?

– Aonde está querendo ir, seu gato maluco?

– Temos de entrar na torre, ir até os sinos. Se nós dois usarmos toda a nossa força, com certeza vai dar certo.

Maurício, inflamado por seu entusiasmo por grandes proezas, começou a correr à procura da entrada para a torre da catedral. Jacó voava atrás dele, reclamando e xingando, tentando avisá-lo de que lembrara que hoje em dia em nenhum lugar se tocam os sinos puxando cordas ou empurrando com as mãos, pois eles são acionados por motores elétricos e, portanto, basta apertar um botão.

– Melhor ainda – respondeu Maurício –, então é só encontrar o botão.

Mas foi uma esperança efêmera. A única porta de entrada para a torre da catedral estava trancada. O gatinho pendurou-se na grande maçaneta de ferro... em vão!

– Está vendo? O que foi que eu disse? – falou o corvo. – Desista, gatinho. O que não dá não dá, e pronto.

– Dá, sim! – disse Maurício, resoluto, olhando para o alto da torre. – Se não dá para ser por dentro, então vai ser por fora!

– O que está querendo dizer com isso? – grasnou Jacó, espantado. – Por acaso está pretendendo escalar essa torre por fora? E com esse vento? Você está totalmente pirado!

– Tem alguma ideia melhor? – perguntou Maurício.

– Só sei de uma coisinha – respondeu o corvo. – Isso não tem o menor sentido e é o maior absurdo que já ouvi. E acho que não vou participar mais de coisa nenhuma.

– Então vou ter de fazer tudo sozinho – disse Maurício.

Nesse meio-tempo, o imenso recipiente de fogo frio tinha sido enchido até a borda. O líquido em seu interior apresentava uma coloração violeta. Apesar de já terem sido colocados os ingredientes mais incríveis, ainda estava longe de ser o ponche dos desejos. Para isso ainda precisava ser enfeitiçado, isto é, precisava ser submetido a uma série de procedimentos que lhe dariam as forças de magia negra necessárias para ele agir.

Essa era a parte mais importante e mais científica do trabalho e dependia inteiramente da competência de Errônius. A tia feiticeira-do-dinheiro só podia servir, quando muito, como ajudante.

O texto que tratava dessa parte estava escrito na linguagem específica dos magos de laboratório, que mesmo para Tirânia era quase incompreensível. Ele dizia o seguinte:

> Tomam-se flebos catótimos
> e um poligloma catafáltico.
> Ambos devem pairar em ciclótimos
> em um antiátomo dremoláltico.
> Através de ectoplaso chemiliado
> o mirto esquimótimo se purge,

para novamente ser alcooliado
em prosto com antigases e urge.
Baseando-se em míscaro humano
de proclamato inflaxo
tinge-se o respirador acidiano
graniticamente com o termostaxo.
Conjecture-se a unglicose
de imediato em paridade ácida,
balonize-se a esclerose
em qualidade de alta fogácida;
entretanto o corpo não é halúnquico
através do óleo criminoso ganovisado,
o complexo drexo permanece flúnquico
como úlcool instabilizado.
Atente para as bolhas cerebrais
ao contracto diabólico,
pois as fresas-quiméricas escoriais,
retalham facilmente o sadofólico.
Caso esteja complito, este borbilha
com crescimento galáctico-paralelo,
em sal piromânico alquimicamente fervilha
como minimax asdrúbal amarelo.
.....

E assim continuava o texto, prolongando-se interminavelmente.

Errônius havia ligado todos os seus computadores mágicos, que estavam conectados com o grande computador central infernal, e os alimentava com as informações necessárias. Eles trabalhavam – se é que podemos usar esse termo em se tratando de aparelhos eletrônicos – a todo vapor, estridulavam, pipilavam, matraqueavam, emitiam sinais luminosos e cuspiam fórmulas e diagramas, que diziam ao mago qual era a próxima coisa a fazer com o líquido da poncheira.

Num determinado momento, por exemplo, ele teve de construir um campo antigravitacional, para obter total ausência de gravidade. Desse modo, o mago fez toda a mistura erguer-se do recipiente. O líquido pairava no meio da sala como se fosse um grande balão, oscilando levemente, e Errônius conseguiu assim emporcalhá-lo com uma carga enorme de pedacinhos de perversão, o que não seria possível através do recipiente de fogo frio.

Aliás, nessa fase de ausência de gravidade, ele mesmo e sua tia também foram afetados, o que tornava o trabalho muito mais difícil. Errônius ficou em pé no teto do laboratório, de cabeça para baixo, enquanto Tirânia girava no ar em torno de seu próprio eixo, horizontalmente. Mesmo assim ele conseguiu, depois de uma operação bem-sucedida, tornar a desligar o gerador antigravitacional, fazendo o balão líquido tornar a cair em seu recipiente. Só que a tia Titi e ele se esborracharam dolorosamente no chão.

Entretanto, esses acontecimentos são quase inevitáveis quando se trata de experiências de alto risco como aquela e não afetaram de modo algum o empenho dos dois.

Um pouco mais tarde, porém, aconteceu um imprevisto, que assustou muito o mago e a feiticeira: de repente o líquido da poncheira tornou-se *vivo*, literalmente.

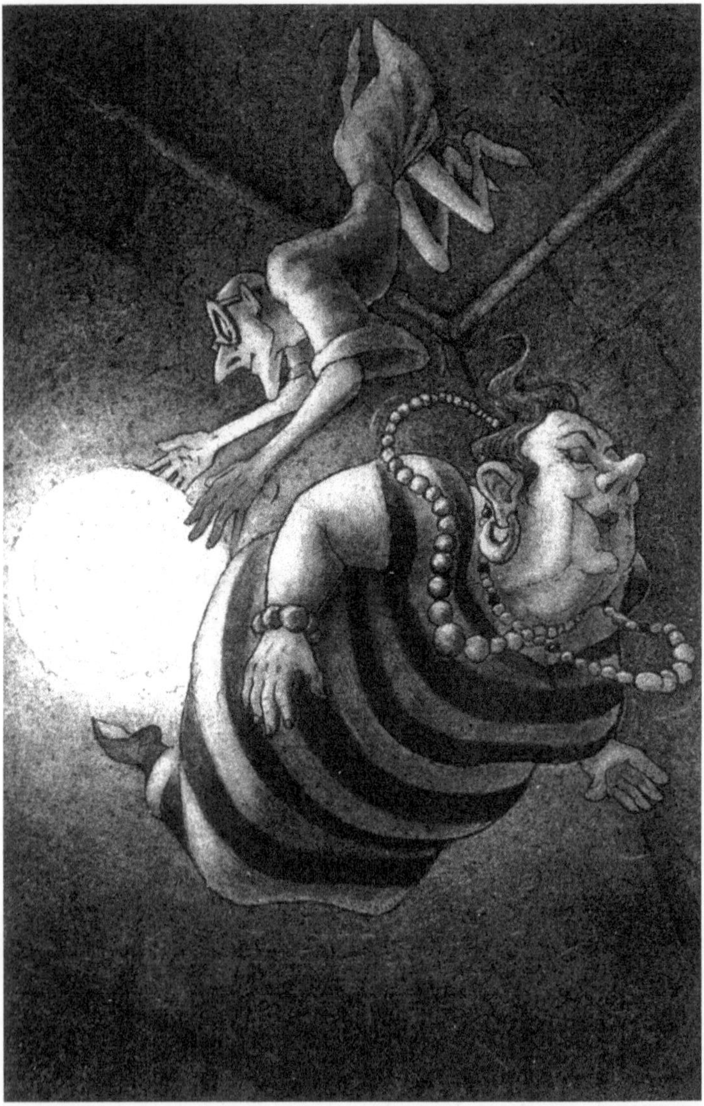

Existem seres unicelulares, chamados amebas, tão minúsculos, que só podem ser vistos através de um microscópio. Nesse caso, porém, todo o conteúdo da poncheira se transformou em uma única e gigantesca ameba, que saiu do recipiente e começou a se arrastar pelo chão do laboratório, como se fosse uma grande massa de gelatina. A tia e o sobrinho foram se afastando e, por fim, saíram correndo, cada um para um lado. A célula gigantesca dividiu-se em duas, e cada parte saiu se arrastando atrás de um deles. As duas lambuzavam tudo por onde passavam e tinham a intenção evidente de incorporá-los. Só com muita astúcia e esforço o mago e a feiticeira conseguiram atrair as duas partes de volta à poncheira. Lá dentro, mortas de fome, elas se lançaram imediatamente uma sobre a outra e se devoraram mutuamente. Assim, voltaram a ser apenas líquido, e o perigo foi afastado.

Finalmente o processo de enfeitiçamento foi concluído. A substância dentro do recipiente estava agora com uma aparência especular e opaca, como se fosse mercúrio líquido. Estava apta a absorver qualquer força de magia, o que naquele caso específico significava a misteriosa faculdade de permitir que todos os desejos se realizassem.

Maurício pulou para cima de um telhadinho baixo que havia sobre a entrada lateral e, dali, para o telhado maior sobre o portal principal. Depois escalou até uma torrezinha pontiaguda, com saliências de pedra, e dali deu um salto ousado, alcançando uma cornija. Ele escorregou na neve e no gelo e por um triz não despencou lá de cima, mas conseguiu recuperar o equilíbrio.

O corvo voou até onde estava o gato.

– Agora chega! – disse ele, baixinho. – Faça o favor de descer daí imediatamente, ouviu? Ainda vai acabar quebrando todos os ossos. Você é gordinho demais e não tem condição nenhuma de se meter a fazer uma coisa dessas.

Mas o gato continuou subindo.

– Droga – gritou Jacó, furioso. – Devia perder minhas últimas penas por não ter ficado de bico calado. Afinal, será que você não tem nem um tiquinho de cérebro nessa sua cabeça oca de gato? Pois eu estou lhe dizendo que isso não faz o menor sentido. Os sinos lá de cima são pesados demais para nós dois.

– É o que vamos ver – foi a resposta do gato, em seu intento inabalável.

Ele continuava escalando cada vez mais. Quanto mais subia, mais violenta se tornava a tempestade que assobiava em seus ouvidos.

O gato já tinha ultrapassado a metade da grande rosácea acima do portal principal, quando sentiu que suas forças repentinamente o abandonavam. Em sua cabeça tudo girava. Na verdade, sua forma física nunca fora muito boa, mas agora a permanência dentro do latão de lixo venenoso começava a surtir efeito.

Quando saltou para cima de uma gárgula, que representava um demônio sorridente e de orelhas pontudas, Maurício começou a escorregar devagarinho, sem conseguir se segurar. Com certeza teria caído lá embaixo, numa queda mortal até mesmo para um gato, se Jacó não estivesse voando a seu lado e não o tivesse apanhado pelo rabo no último instante.

Ofegante e trêmulo, o gatinho se encostou contra a parede para se proteger do vento cortante e tentou esquentar suas patas totalmente adormecidas.

O corvo colocou-se na frente dele.

– Muito bem! – disse Jacó. – Agora vamos falar sério: mesmo que você conseguisse chegar lá em cima, perto dos sinos, o que simplesmente não vai acontecer, não teria nenhum sentido. Por favor, use os miolos, pelo menos uma vez na vida, amiguinho! Supondo que nós dois consigamos tocar os sinos, o que eu já disse que é totalmente impossível, seu Maestro e minha Madame naturalmente também ouvirão. E, ao ouvirem, saberão imediatamente que o efeito de inversão de sua

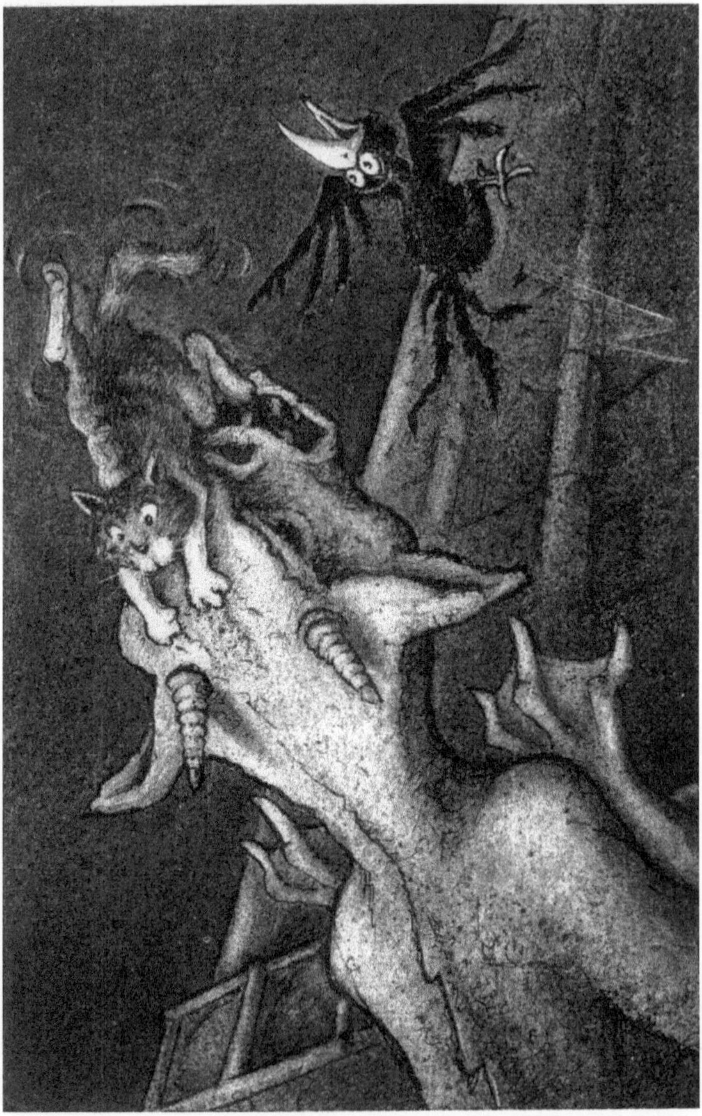

bebida cessou. Pois bem, e daí? Eles agora podem prescindir tranquilamente desse efeito, que só era necessário para nos enganar. No entanto, já que não estamos mais lá, eles também não precisam mais do efeito de inversão. Poderão desejar à vontade as piores maldades, que irão se realizar ao pé da letra. Não terão necessidade de fazer a menor cerimônia, pois não estaremos mais atrapalhando. Será que você imagina que depois conseguiria descer da torre de novo, correr todo o caminho de volta e ainda chegar a tempo de pegar a festa? Como você acha que daria para fazer tudo isso? Sabe o que aconteceria? Você estaria acabado! Tanto custo para subir... para nada, nadinha mesmo. É só isso que vai acontecer.

Mas Maurício nem estava ouvindo. A voz do corvo soava em seus ouvidos como se viesse de muito longe, e ele estava se sentindo muito doente e cansado para acompanhar aquelas reflexões tão complicadas. Só sabia ainda de uma coisa: a distância para cima ou para baixo era mais ou menos a mesma, e ele queria subir, pois tinha decidido assim, fosse sensato ou não. Seu bigode estava congelado, o vento cortante lhe arrancava lágrimas dos olhos, mas Maurício continuou a escalar.

– Ei! – gritou o corvo, exasperado. – Só vou lhe dizer uma coisa: *eu* não vou ajudar você nem mais uma vez. Se está a fim de se matar, vá em frente. Não nasci para ser herói, sofro de reumatismo e estou cansado dessa sua cabeça dura, fique você sabendo. Estou indo embora, ouviu? Vou dar o fora; aliás, já nem estou aqui! Tchau! Adeus! Até nunca mais, caro colega!

Naquele instante, ele viu Maurício balançando no ar, segurando-se numa calha apenas com as patas da frente. O corvo foi voando até o gato, lutou contra o vento e a tempestade, agarrou-o com o bico pela nuca e colocou-o em cima da calha, usando suas últimas forças.

– Estou acabado! – falou então Jacó. – Estou parecendo um ovo que caiu do ninho, minha cabeça está oca... sem perguntas, por favor.

Também ele sentiu que suas forças o abandonavam. Também para ele a permanência no latão estava fazendo efeito. Sentia-se miseravelmente mal.

– Não consigo mais mexer nem um dedinho – grasnou. – Vou ficar aqui sentado, ah, vou. Se depender de mim, o mundo pode vir abaixo. Não aguento mais. Se eu tentar voar mais uma vezinha, vou me esborrachar no chão como uma pedra.

Jacó deu uma espiada pela borda da calha. Lá embaixo, muito embaixo, brilhavam as luzes da cidade.

Na fase em que se encontravam agora, Tirânia era capaz de retomar as rédeas do serviço. De fato, as indicações sobre como introduzir no ponche a força da realização dos desejos estavam escritas em dialeto bruxolês. Era uma linguagem confusa, utilizando termos do nosso vocabulário comum, porém com sentido diferente. Em bruxolês, nenhuma palavra tem seu significado normal. *Rapaz,* por exemplo, se diz *globo, garota* se diz *barril, passear* se diz *fracassar, jardim* se diz *mala, ver* se diz *desfiar, cachorro* se diz *gole, colorido* se diz *ágil, repentinamente* se diz *obtusamente*. Portanto, a frase "Um rapaz e uma garota foram passear no jardim e viram repentinamente um cachorro colorido" em dialeto bruxolês ficaria assim: "Um globo e um barril fracassaram na mala e desfiaram obtusamente um gole ágil."

Tirânia dominava essa linguagem sem dificuldade. Aliás, isso era indispensável para decifrar aquela parte da receita. Quem não conhecesse o bruxolês só conseguiria ler um monte de bobagens naquele texto:

Sejam os mestres vocês,
tomem grudes de fantasma e vozes
congelados do ovo colossal;
assoprem no vidro mais uma vez
desunindo os gases ferozes
através do êxtase nasal!

Bombeiam farrapos
na caneca de montão,
claudicam enrugando em sopapos,
de utilizável pudim.
Precipita-se aromática poção
de gravatas arrotantes, isso sim.

Cambaleiam as rolhas
em forquilhas de cortiça
cheias de preocupações e bolhas.
Formigam as espinhas de carniça
no canto o níquel serpenteia
faz tique-taque o pêndulo na meia.

Indigno se desola
o frágil trágico ator
cacarejando em almôndegas de sola,
iguarias singelas de odor
da artrítica sobrinha
um sorriso importante na boquinha.

O texto inteiro era cinco vezes maior, mas esse pequeno trecho basta para mostrar seu estilo.

Depois que Tirânia traduziu tudo, as luzes do laboratório foram apagadas. Tia e sobrinho ficaram em completa escuridão e começaram a praticar magias ao acaso, se desafiando. Como num pesadelo quando se tem febre alta, aparições surgiam da escuridão, ameaçavam-se umas às outras e voltavam a desaparecer.

No ar formaram-se turbilhões de chamas, que se retorciam, soltavam fumaça e se sobrepunham, numa espécie de ciclone, que foi se encolhendo, encolhendo, até atingir o tamanho de uma minhoca, que então foi apanhada por um bico sem pássaro; surgiu uma nuvem cinzenta, e dela desceu o esqueleto de um cachorro pendurado pelo rabo, cujos ossos se transformaram em serpentes cintilantes, que rolaram pelo chão, entrelaçadas como um novelo de lã; uma cabeça de cavalo com as órbitas vazias mostrou os dentes e relinchou, numa gargalhada terrível; ratazanas com minúsculos rostos humanos dançaram em círculo em torno da poncheira; um percevejo azul imenso, em cuja carapaça a feiticeira se sentou, começou a apostar corrida com um escorpião amarelo, também imenso, que carregava o mago nas costas; sanguessugas vermelho-rosadas caíam do teto em grande quantidade; um ovo preto do tamanho de um homem se rompeu e de dentro dele saíram várias mãozinhas pretas, que saltavam de um lado para o outro como aranhas; apareceu uma ampulheta, na qual os grãos de areia saltavam de baixo para cima; um peixe incandescente atravessou voando a escuridão; um minúsculo robô, montado num triciclo, espetou com sua lança uma pomba de pedra, que caiu no chão transformada em cinzas; um gigante careca, com a caixa toráxica vazia, dobrava-se inteiro, como uma sanfona...

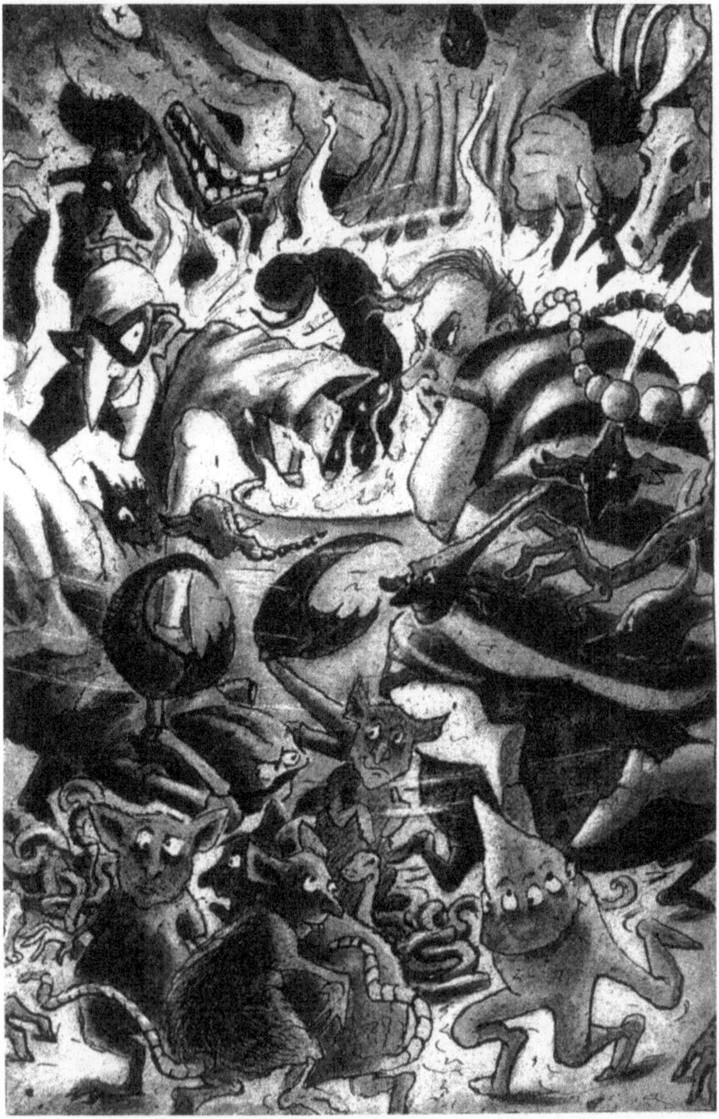

E assim as aparições se sucediam, em velocidade crescente, e todas acabavam sumindo dentro da poncheira, que a cada vez entrava em ebulição e sibilava, como se tivessem lançado dentro dela um ferro em brasa.

Depois de um último turbilhão violento de imagens indistintas, tudo terminou com uma espécie de explosão, que fez o ponche dos desejos, dentro de seu recipiente de fogo frio, lampejar com um brilho amarelo-alaranjado. Errônius voltou a acender a luz.

Após todo esse esforço conjunto, ele e a tia estavam, de início, completamente exaustos. Tiveram de tomar umas pílulas mágicas para se recuperar, pois ainda precisavam realizar a última parte da receita, que era a mais difícil. Não podiam se dar ao luxo de nenhuma pausa para descanso, pois o tempo continuava passando, inexorável.

A quarta e última parte do procedimento não podia, de modo algum, se realizar em nosso mundo, que está submetido às leis de tempo e espaço. Era preciso se transportar para a quarta dimensão.

E as instruções para isso estavam escritas na linguagem exorbitânica, para a qual não existe absolutamente nenhuma possibilidade de tradução. Nessa linguagem só podem ser expressos fatos e acontecimentos da quarta dimensão, que, portanto, não existem em nosso mundo.

Esse último e maior esforço era imprescindível para se obter o efeito de inversão no ponche, que fazia todos os desejos se realizarem exatamente ao contrário de como haviam sido proferidos.

As instruções para isso eram mais ou menos assim:

> Hacamordax furicrass,
> suquez cracabute:
> errofetz drac pusnemass
> mentefula gesute!
> Ziveneno chilregrito
> creicasca vutegeife.
> Tobenorge pilequito
> zangauta, crax o'cheife.
> Zornemon us flacatama,
> cnircur, mi molarens,
> verdespuma verdime grama
> chaudamonte zuharens.
> Gurgol vurga ans lixolats
> cuspaduc quebruten,
> crencacrala coçabats
> sanguetu – terruten!
> Queque cima dramabocarra?
> Rulps gigantomule:
> Hacamordax furicarra,
> mentefula gesule!

De início, nem Errônius nem Tirânia conseguiram decifrar essa parte da receita. Mas sabiam que o exorbitânico só podia ser falado e entendido na quarta dimensão e que portanto só lhes restava transportarem-se para ela sem demora.

Bem, como se sabe, a quarta dimensão não é em nenhum outro lugar específico, mas é exatamente aqui, onde estamos também. Só que não podemos considerá-la real, porque nossos olhos e nossos ouvidos não foram preparados para ela.

A tia Titi não sabia o que fazer, mas Belzebu Errônius conhecia um método que permitia saltar de uma dimensão para outra.

O mago pegou uma seringa de injeção e uma garrafinha de forma esquisita que continha um líquido incolor.

Nela estava escrito:

*L*uciferiano
*S*alto
*D*imensional

– É preciso injetar esse líquido diretamente no sangue – explicou ele.

Tirânia concordou, meneando a cabeça.

– Agora estou vendo, Buzinho, que não foi inútil eu permitir que você frequentasse a universidade. Você tem experiência com essa coisa aí?

– Um pouco, Titi. De vez em quando faço umas viagenzinhas com isso, em parte por interesse científico, em parte por prazer.

– Então vamos partir imediatamente.

– Antes, querida titia, quero avisar que essa coisa não é totalmente isenta de perigo. Tudo depende de acertar a dosagem.

– O que isso quer dizer? – quis saber a feiticeira.

Errônius deu um sorriso daqueles que não transmitem absolutamente nada.

– Quer dizer – disse ele – que você também pode ir parar sabe-se lá onde, titiazinha. Se a dose for menor do que a correta, por pouco que seja, você poderá cair na segunda dimensão. Lá se tornaria plana, como uma projeção de cinema. Você nem teria costas, de tão plana. E, principalmente, jamais conseguiria voltar para nossa dimensão habitual apenas com sua própria força. Talvez tivesse de permanecer eternamente uma imagem bidimensional, minha pobre velhinha. Por outro lado, caso a dose seja maior do que a correta, então você será lançada como de uma catapulta para a quinta dimensão, ou até para a sexta. Essas dimensões mais elevadas são tão confusas, que não dá para saber quais partes são suas e quais não são. Provavelmente você retornaria incompleta ou talvez com partes que não lhe pertencessem... isso se você voltasse.

Por alguns momentos, os dois ficaram se encarando em silêncio.

Tirânia sabia que o sobrinho continuava precisando de sua ajuda, e muito. Enquanto o ponche dos desejos satanarquiasmonumentalcooliconchavolátil não estivesse completamente pronto, com certeza Errônius não poderia prescindir dela. E ele sabia que a tia sabia disso.

Tirânia deu um sorriso também inexpressivo.

– Está bem – disse ela, lentamente –, com certeza você vai fazer tudo cem por cento correto. Confio cegamente em seu egoísmo, Buzinho.

O mago introduziu o líquido incolor na seringa e cada um deles expôs seu braço esquerdo. Errônius mediu cuidadosamente a dose e deu a injeção, primeiro nela e depois em si mesmo.

Seus contornos começaram a vibrar, a flutuar, a se repuxar grotescamente na largura e no comprimento. Logo tornou-se impossível enxergá-los.

No entanto, na poncheira de fogo frio começaram a acontecer, como que espontaneamente, as coisas mais estranhas...

– Afinal, será que eu sou o Jacó-maravilha? – grasnou o corvo, para si mesmo. – Até parece... o bocó-maravilha, é isso que eu sou! Eu devia me picar em pedacinhos agora mesmo por ter tido uma ideia tão bocó. Nunca mais vou ter ideia nenhuma, isso eu juro. Juro que, se eu voltar a ter alguma ideia, vou passar o resto da minha vida andando a pé. Ter ideias só nos traz aborrecimento, só isso, nada além de aborrecimento.

Mas o gato não estava nem ouvindo. Já tinha recomeçado sua escalada, rumando para o beiral do telhado íngreme da ponta da torre.

– Desse jeito ele vai acabar conseguindo! – disse Jacó para si mesmo. – Acho que vou ter de mudar de opinião, o cara vai conseguir!

Juntando o restinho de suas forças, o corvo voou ao encontro do gato, mas não conseguiu encontrá-lo no meio daquela escuridão. Aterrissou na cabeça de um anjo, que tocava uma trombeta do Juízo Final, e ficou espiando para todos os lados.

– Maurício, onde está você? – ele gritou. Nenhuma resposta.

Desesperado, ele berrou para dentro da escuridão:

– Mesmo que consiga chegar até os sinos, seu minicavaleiro... mesmo que nós dois consigamos tocá-los... o que com certeza não vai acontecer... mesmo assim continua não tendo sentido... porque... se nós tocarmos os sinos *já,* não será o repicar dos sinos do Ano-Novo, mas um som parecido. O que importa não são os sinos, e sim o fato de ser meia-noite em ponto.

Não se ouvia nada além do assobio do vento, que batia nos ângulos da torre e nas figuras de pedra. Jacó firmou as garras na cabeça do anjo da trombeta e gritou, fora de si:

– Ei, gatinho, você ainda existe ou já se foi deste mundo?

Por um décimo de segundo pareceu-lhe ter ouvido lá no alto um miado fraquinho e queixoso.

Ele se lançou na escuridão e bateu asas na direção do som, tomando fôlego algumas vezes.

De fato, sem saber como, Maurício finalmente tinha alcançado uma janela da ogiva, através da qual conseguiu entrar na torre. Quando Jacó aterrissou perto dele, suas forças o abandonaram por completo. O gato perdeu a consciência e caiu lá para dentro. Ainda bem que não foi um tombo muito alto. Ele ficou ali, parecendo um minúsculo novelo de lã no meio da densa escuridão, em cima do piso de madeira da armação que sustentava os sinos.

Jacó voou até lá embaixo e cutucou Maurício com o bico. Mas o gatinho não se mexia.

– Maurício – grasnou o corvo –, você está morto?

Como não recebeu resposta, foi baixando a cabeça devagarinho. Um arrepio percorreu todo o seu corpo.

– Quero que fique sabendo de uma coisa, gatinho – ele sussurrou, solenemente. – Apesar de meio ignorantezinho, você foi um herói. Seus antepassados importantes, se tivessem mesmo existido, poderiam se orgulhar de você.

Depois ele também começou a enxergar tudo preto e desmaiou. O vento assobiava e soprava para dentro da torre os enormes flocos de neve, que aos poucos foram cobrindo os dois animais.

Das velhas e escuras vigas de madeira, pendiam acima deles os sinos imensos e sombrios, aguardando silenciosamente o começo do Ano-Novo, que deveriam saudar com suas vozes possantes.

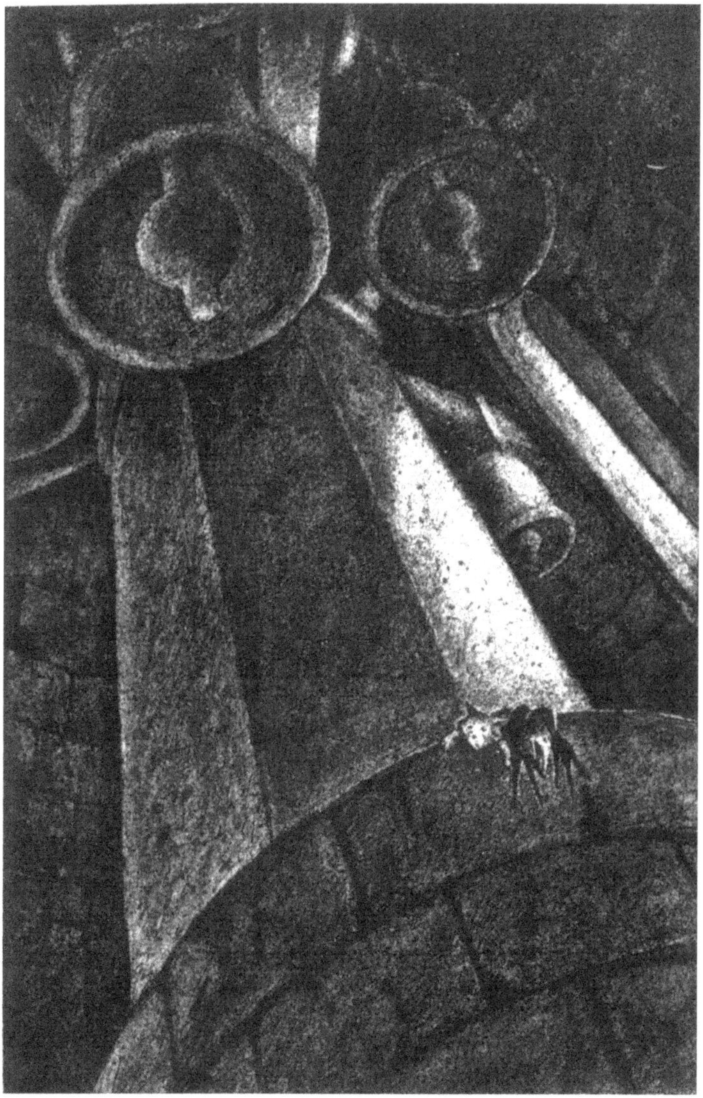

Furiosamente, como numa centrífuga, o ponche rodopiava em seu recipiente de fogo frio. Dentro dele, a cauda de um cometa, veloz e soltando chispas, nadava em círculos como se fosse um imenso peixe dourado enlouquecido.

Errônius e Tirânia tinham voltado da quarta dimensão e agora estavam caídos em suas poltronas, totalmente esgotados. Por eles, ficariam largados por alguns minutos, mas era exatamente isso que não podiam se permitir, pois estariam correndo risco de vida.

Com olhos vidrados, os dois fixavam o recipiente.

Embora em princípio o ponche estivesse pronto e não houvesse mais nada a fazer, ainda havia uma última dificuldade a ser superada antes que pudessem realizar sua obra infernal. E aquela parecia ser a parte mais complicada, pois consistia justamente em *não* fazer.

Segundo as últimas instruções do pergaminho, agora eles precisavam deixar o líquido em repouso, até que se dissipasse qualquer turvação. Enquanto isso, não podiam perguntar *absolutamente nada*. Isso mesmo, não podiam sequer *pensar* em qualquer pergunta.

Toda pergunta (por exemplo "Vai dar certo?", ou "Por que estou fazendo isso?", ou "Isso tem sentido?", ou "No que vai dar isso?") contém uma dúvida. E era exatamente isso que eles não podiam fazer, de jeito nenhum, naquele último instante: duvidar. Não podiam nem mesmo perguntar em pensamento por que não podiam fazer perguntas.

Enquanto o ponche não ficasse absolutamente imóvel, límpido e transparente, ele estaria num estado de extrema sensibilidade e instabilidade, que o levaria a reagir até a sentimentos e pensamentos. A menor dúvida a seu respeito poderia fazê-lo explodir como uma bomba atômica, e tudo iria para os ares, não só o mago e a feiticeira como também a Vila Pesadelo e o bairro todo.

Como se sabe, não há nada mais difícil do que *não* pensar numa coisa em que se está proibido de pensar. Por exemplo, geralmente não pensamos em cangurus. Mas, se alguém nos disser que não podemos pensar em cangurus nos próximos cinco minutos, exatamente por isso vai ser muito difícil deixarmos de pensar em cangurus. Só há um jeito de conseguir isso: concentrar intensamente o pensamento em alguma outra coisa.

Assim, Tirânia e Errônius estavam sentados ali, com os olhos saltando fora das órbitas, de tanto esforço para não pensar em nenhuma pergunta e de tanto medo de não conseguir deixar de pensar.

O mago recitava para si mesmo todos os poemas que tinha aprendido em seu deserto da infância (*deserto* da infância é para os bruxos a mesma coisa que *jardim* da infância para pessoas comuns).

Monotonamente e sem tomar fôlego, ele murmurava:

> – Sou um porquinho
> muito fedido.
> Quero ser mauzinho,
> até ficar crescido.

Ou:

> – Arrebentei a cabeça do sapo,
> que alegria, que leveza!
> Prefiro dar um sopapo
> a dar carinho, com certeza!

Ou ainda:

> – Venha, menino odiento,
> arranque as patas do bichinho.
> Para ser mau e briguento
> é preciso aprender desde novinho.

Ou a canção de ninar que sua mãe sempre cantava quando ele era pequeno:

> – Dorme, nenê, não importa onde!
> Seu pai é um grande conde,
> como um morcego ele voa, voa,
> e chupa o sangue de bicho e pessoa.
> Dorme, nenê, não importa onde!

Bebe, meu filhinho!
Pra crescer o teu dentinho.
Chupar sangue é teu futuro,
chupar muito sangue puro.
Bebe, meu filhinho.

Assim ele ia desfiando muitos poemas e canções, sempre com mensagens edificantes.

Enquanto isso, Tirânia Vampíria calculava de cabeça quanto cada centavo aplicado no ano zero, a seis por cento de juros, teria rendido até agora, se o banco ainda existisse.

Para isso ela utilizava a famosa fórmula conhecida por todos os magos e feiticeiras do dinheiro:

$$VF = VP (1 + i)^n$$

Tirânia chegou ao resultado de uma quantia de dinheiro equivalente a várias esferas de ouro do tamanho de nosso globo terrestre, e isso porque seus cálculos ainda não tinham chegado até os dias de hoje. Ela continuou fazendo as contas, pois afinal estava calculando sua vida.

No entanto, o ponche ainda não estava totalmente imóvel e transparente. Quanto mais esses minutos de espera se prolongavam, mais Errônius sentia que seu corpo se curvava, como se estivesse em vias de formar um ponto de interrogação. Tirânia, por sua vez, tinha a impressão de que aquelas infindáveis colunas de números na sua frente eram formadas por miríades de microscópicos pontos de interrogação, que fervilhavam como um formigueiro e não tinham sossego.

— Por todos os genes clônicos! — gemeu Errônius, finalmente. — Logo não vou mais aguentar, não conheço mais nenhum poema...

E Tirânia murmurou, apavorada:

— Estou totalmente confusa com meu balancete. Logo... logo... logo vou pensar em...

Plaft!

O sobrinho deu uma tremenda bofetada na tia, numa decisão tomada em desespero.

— Ai! – gritou a feiticeira, fora de si. – Espere só!

E ela deu um tabefe no sobrinho, fazendo seus óculos voarem para o outro lado da sala do laboratório.

Os dois começaram então uma troca de socos digna da mais brutal luta livre.

Quando finalmente se contiveram, caíram sentados no chão e ficaram olhando um para o outro, bufando. O sobrinho estava com um olho roxo e a tia com o nariz sangrando.

— Não foi nada pessoal, Titi – explicou Errônius. Depois ele apontou para o recipiente de fogo frio. – Dê só uma olhada!

O turbilhão luminoso da cauda de cometa havia se dissipado nesse meio-tempo, toda a turvação havia desaparecido, o ponche dos desejos satanarquiasmonumentalcooliconchavolátil lá estava, brilhando calmo e límpido, com todas as cores do arco-íris.

Os dois soltaram um profundo suspiro de alívio.

— Aquela bofetada – disse Tirânia – foi uma ideia salvadora. Você é um bom garoto, Buzinho.

— Sabe de uma coisa, titia – disse Errônius –, o perigo já passou. Agora podemos pensar o que quisermos. E acho que é isso que devemos fazer, pensar à vontade. Que tal?

— Combinado – respondeu a feiticeira, revirando os olhos de prazer.

Errônius deu um sorrisinho irônico para si mesmo. É claro que fizera aquela proposta com segundas intenções. Tirânia ia ter uma surpresa.

Quando o corvo e o gatinho começaram a voltar a si, devagarinho, de início acharam que estavam sonhando. O vento cortante havia se acalmado, tudo era silêncio, a noite estava clara e cheia de estrelas, eles não sentiam mais frio e a imensa armação dos sinos estava iluminada por uma luz dourada. Uma das grandes figuras de pedra, que havia séculos olhava para a cidade lá de cima, tinha se virado para dentro. E já não parecia uma estátua de pedra, parecia estar bem viva, isso sim.

Era um velho aprumado, trajando um longo manto bordado em dourado, com os ombros estofados de neve. Ele estava com um chapéu episcopal e na mão esquerda segurava um báculo. Seus olhos azul-claros, sob as sobrancelhas brancas e espessas, fitavam os dois animais. Não era um olhar inamistoso, mas meio confuso.

Num primeiro momento poderia até ser tomado pelo Papai Noel, mas não era, pois não tinha barba. Quem é que já viu Papai Noel sem barba?

O velho levantou a mão direita, e Jacó e Maurício sentiram de repente que não podiam se mover nem emitir nenhum ruído. Os dois estavam um pouco assustados, no entanto sentiam-se inexplicavelmente protegidos.

– Muito bem, seus dois malandrinhos – disse o velho –, o que vieram fazer aqui em cima?

Aproximou-se um pouco mais e se inclinou sobre eles, para observá-los de perto. Para isso, apertou um pouco os olhos, como se fosse míope.

O corvo e o gato continuaram lá sentados, olhando para o velho.

– Já sei o que pretendem – continuou ele –, pois vocês gritaram o suficiente enquanto tentavam escalar a torre. Estavam pretendendo acabar com meu lindo repicar dos sinos de Ano-Novo. Sinceramente, não gostei nada disso. Na verdade, sempre me disponho a aceitar uma boa brincadeira, afinal sou São Silvestre, mas o que estavam querendo fazer é uma brincadeira de mau gosto, vocês não acham? Ainda bem que cheguei a tempo.

Os dois animais tentaram protestar, mas continuavam sem conseguir falar.

– Com certeza vocês não sabiam – disse São Silvestre – que uma vez por ano, na festa do meu dia, eu apareço aqui por alguns minutos para zelar pelos justos. Talvez eu devesse transformar vocês dois, por um tempinho, em estátuas de pedra e colocá-los aqui entre as colunas, como castigo por essa peça estúpida que queriam me pregar. É, acho que vou fazer isso. Pelo menos até amanhã, para que vocês tenham tempo para refletir. Só que antes quero ouvir o que têm a me dizer.

Os animais, no entanto, continuavam ali, sem se mover.

– Por acaso perderam a língua? – perguntou São Silvestre, admirado. Mas depois ele se lembrou: – Ah, é, desculpem, eu tinha esquecido totalmente...

O santo fez um gesto com a mão.

– Agora podem falar, mas um de cada vez, e nada de tentar me enganar, por favor.

Assim, finalmente, os dois heróis puderam esclarecer, entre grasnados e miados, o que os havia levado até lá em cima, quem eles eram e em que consistiam os planos malignos do mago e da feiticeira. Em sua exaltação, às vezes os dois falavam ao mesmo tempo, e não foi muito fácil para São Silvestre entender tudo com clareza. No entanto, quanto mais ele ouvia, mais amigável se tornava o brilho de seus olhos.

Belzebu Errônius e Tirânia Vampíria, nesse meio-tempo, tinham se metido numa situação quase sem saída.

Quando o mago sugeriu que naquele momento deixassem seus pensamentos correr livremente, para relaxarem um pouco, ele tinha em mente um plano traiçoeiro. Queria passar a perna na tia, que não suspeitava de nada. O ponche dos desejos estava pronto, por isso não precisava mais da colaboração dela. Errônius tinha decidido livrar-se de Tirânia, para ficar com todo o incrível poder da beberagem mágica só para si. No entanto, é óbvio que Tirânia só fingiu deixar-se levar, pois tinha a mesma intenção do mago. Ela também achava que aquele era o momento de se livrar de seu sobrinho.

Mais uma vez os dois juntaram no mesmo instante todas as suas forças mágicas e começaram a tentar paralisar um ao outro com seu olhar mágico. Estavam sentados um na frente do outro, se encarando. Uma luta silenciosa e terrível travou-se entre eles. Logo ficou provado que em matéria de força de vontade os dois se equivaliam. Assim, continuaram sentados, sem trocar uma palavra, sem se mover, fazendo um esforço tão grande, que o suor começou a escorrer-lhes pelo rosto. Nenhum deles desviava o olhar, ambos se hipnotizavam, com toda a força de suas entranhas.

Uma mosca gorda, que tinha resolvido hibernar em algum lugar no meio daquelas prateleiras empoeiradas, de repente acordou e saiu zunindo pelo laboratório. Alguma coisa a atingiu, como se fosse um poderoso raio de luz. Só que não era luz nenhuma, eram os raios de força paralisadora emitidos pelos olhares da feiticeira e do mago, que se cruzavam como enormes descargas elétricas. A mosca foi atingida bem ali no meio e caiu no chão com um leve ruído, incapaz de mover as perninhas. E assim ela ficou pelo resto de sua vida tão curta.

Mas nesse meio-tempo a tia e o sobrinho também não conseguiam mais se mover. Enquanto se olhavam fixamente, com olhar hipnotizador, um tinha hipnotizado o outro. Justamente por isso, não conseguiam mais parar de se hipnotizar mutuamente.

Pouco a pouco os dois foram compreendendo que haviam cometido um erro fatal, mas agora era tarde demais. Nenhum deles estava em condição de mover um dedinho, muito menos de desviar a cabeça ou fechar os olhos para interromper o olhar mágico. E, na verdade, nenhum deles *podia* fazer isso primeiro, pois acabaria caindo em poder do outro. A feiticeira não podia parar antes do mago, e o mago não podia parar antes da feiticeira. Por culpa deles mesmos, haviam se metido naquilo que se chama círculo vicioso.

– Nunca paramos de aprender – disse São Silvestre. – Estamos vendo agora como até um santo pode errar. Eu me enganei com relação a vocês, meus amiguinhos, e peço que me perdoem.

– Não se fala mais nisso, Monsignore – respondeu Maurício, com um elegante gesto de pata. – Isso acontece nas melhores famílias.

E Jacó acrescentou:

– Está perdoado, Excelência, esqueça. Estou acostumado a ser maltratado.

São Silvestre sorriu, mas logo em seguida tornou a ficar sério.

– O que vamos fazer agora? – perguntou ele, meio perdido. – O que vocês dois acabaram de contar é assustador.

Maurício, novamente movido por heroico entusiasmo ao se ver diante de alguém tão importante, propôs:

– Se o Monsignore nos desse a honra de tocar pessoalmente os sinos...

São Silvestre, no entanto, balançou a cabeça negativamente.

– Não, não, meus caros, assim não! Desse jeito é impossível. Tudo no mundo precisa ter sua ordem, tempo e lugar. Também o fim e o início de cada ano. Isso não pode ser mudado à vontade, senão acaba dando a maior confusão...

– O que foi que eu disse? – falou o corvo, amargurado. – Nada feito! Foi tudo em vão. Tem de existir ordem, mesmo que o mundo todo esteja desmoronando.

São Silvestre não ouviu a observação malcriada de Jacó, pois seus pensamentos pareciam estar muito longe dali.

– Ah, é, o Mal, agora estou lembrando... – suspirou ele. – Por que existe o Mal, e por que ele tem de estar no mundo? Ultimamente temos discutido muito sobre isso lá em cima. O fato é que se trata de um grande enigma, até mesmo para os santos.

Seus olhos adquiriram uma expressão distraída.

– Sabem, meus amigos, do ponto de vista da eternidade ele adquire um aspecto diferente daquele que apresenta no reino do tempo. Verifica-se que, no fim, o Mal sempre acaba servindo ao Bem. Ele é, por assim dizer, uma contradição em si mesmo. Sempre se esforça para superar o Bem, mas ele não pode existir sem o Bem. Se o Mal conseguisse o poder supremo, teria de destruir exatamente aquilo que ele pretende dominar. Por isso, meus caros, ele só pode perdurar enquanto é incompleto. Se o Mal fosse completo, ele se elevaria por si só. Por isso ele não tem lugar na eternidade. Eterno é apenas o Bem, pois não contém nenhuma contradição...

– Ei! – gritou Jacó Craco, puxando com o bico, insistentemente, o manto dourado de São Silvestre. – Não é por mal, Estranhência... perdão, eu quis dizer Excelência... mas isto não é hora para essas baboseiras, se me permite. Até o senhor acabar com sua filosofia, vai ser tarde demais para tudo.

São Silvestre parecia estar tendo dificuldades para retornar à realidade.

– O quê? – ele perguntou, sorrindo transfigurado. – Do que estávamos falando mesmo?

– Estávamos falando, Monsignore – explicou Maurício –, que precisamos fazer alguma coisa imediatamente para impedir uma desgraça sem tamanho.

– Ah, sim, ah, sim – disse São Silvestre. – Mas o quê?

– Provavelmente, Monsignore, agora só um milagre poderá nos salvar. Afinal, sendo um santo, será que o senhor não poderia simplesmente fazer um milagre... só um, bem pequenino, talvez?

– Simplesmente fazer um milagre! – repetiu São Silvestre, um pouco espantado. – Meus caros amiguinhos, essa questão de fazer milagre não é tão simples como vocês pensam. Nenhum de nós pode fazer milagres, a não ser que tenha autorização lá de cima. Eu teria primeiro de fazer um requerimento à esfera mais elevada, e pode demorar muito para o pedido ser deferido... se for.

– Quanto tempo? – perguntou Maurício.

– Meses, anos, décadas talvez – respondeu São Silvestre.

– É tempo demais! – grasnou Jacó, contrariado. – Não podemos esperar. Precisamos de alguma coisa agora, neste instante.

São Silvestre tornou a ficar pensativo, com o olhar perdido.

– Milagres não suprimem a ordem do mundo – disse ele, com voz de veneração –, eles não são nenhum tipo de magia. Provêm de uma ordem superior, incompreensível para o limitado entendimento terreno...

– Isso mesmo – grasnou Jacó Craco –, só que *nós* infelizmente temos de lidar com magia e ainda hoje à noite.

– Certo, certo – disse São Silvestre, que novamente precisou se esforçar para descer da esfera superior de seus pensamentos. – Falando sério, meus amiguinhos, eu os entendo, mas temo não poder fazer *muito* por vocês. Não estou muito certo de que me seja permitido agir assim, tão arbitrariamente. No entanto, como também estou aqui em caráter excepcional, talvez haja uma pequena possibilidade...

Maurício cutucou o corvo e sussurrou:

– Está vendo, ele vai nos ajudar.

Mas Jacó retrucou, céptico:

– Vamos esperar para ver.

— Se eu entendi bem – continuou São Silvestre –, uma única batida dos sinos do Ano-Novo seria suficiente para cancelar o efeito de inversão do arquiatal... – ele não conseguiu continuar.

— Satanarquiasmonumentalcooliconchavolátil... ponche dos desejos – corrigiu-o Maurício, solícito.

— Correto – disse São Silvestre –, para que o efeito de inversão dele seja cancelado. Não é isso?

— Foi exatamente isso que ouvimos – disse o gato, e o corvo confirmou com a cabeça.

— Vocês acham que isso bastaria para mudar o efeito daquela coisa horrível?

— Com certeza – disse Jacó –, mas só se aqueles dois seres infernais não percebessem nada. Então eles desejariam o Bem para fazer o Mal, mas o resultado seria o Bem.

— Ótimo, ótimo – refletiu São Silvestre –, uma única nota do meu concerto de Ano-Novo eu poderia oferecer a vocês de bom grado. Só espero que ninguém sinta falta dela.

— Com certeza isso não vai acontecer, Monsignore – gritou Maurício, tranquilizando-o. – Num concerto, apenas uma nota não altera quase nada, todo cantor sabe disso.

– Não poderia ser um pouquinho mais? – propôs Jacó. – Quer dizer, por medida de segurança.

– De jeito nenhum – disse São Silvestre, gravemente. – Na verdade, isso já é muito, porque a ordem do mundo...

– Tudo bem! – interrompeu o corvo, depressa. – Não custa nada perguntar. Então como é que vai ser, Digníssimo? Se o senhor tocar o som agora, os dois malvados também vão ouvir.

– Tocar agora? – exclamou São Silvestre, assumindo novamente sua expressão de enlevo. – Tocar agora? Isso não teria nenhum sentido, porque não seria um toque dos sinos de Ano Novo. É preciso que continue sendo à meia-noite, porque o começo e o fim...

– Eu sei! – grasnou o corvo, irritado. – Por causa da ordem. Só que daí vai continuar sendo tarde demais, isso é que é.

Maurício fez um sinal para ele ficar quieto.

O olhar de São Silvestre voltou a se perder na distância. Agora ele até parecia maior e mais venerável.

– Na eternidade – disse ele – vivemos além do tempo e do espaço. Não há antes nem depois; causa e consequência também não se seguem, são um todo permanente. Por esse motivo posso lhes dar a nota agora, embora ela só vá soar à meia-noite. Seu efeito virá antes da causa, assim como acontece com tantos dons que se originam da eternidade.

Os animais ficaram se olhando. Nenhum dos dois tinha entendido o que São Silvestre acabara de dizer. O santo alisou lentamente com os dedos a curva imensa do sino maior e, de repente, estava com um pedacinho de gelo muito claro na mão. Segurando-o entre o polegar e o indicador, ele o entregou aos animais. Observando o cristal de gelo por todos os lados, os dois notaram que dentro dele havia uma linda luzinha, muito brilhante, em forma de nota musical.

– Aqui está – disse São Silvestre, solícito –, levem isso até lá e joguem dentro do ponche satanetcétera, sem ninguém perceber. Mas não deixem a nota cair fora nem a percam, porque vocês só têm essa e não posso lhes dar outra.

Jacó Craco pegou o pedacinho de gelo cuidadosamente com o bico e, como não podia mais falar, fez "hm! hm! hm!" algumas vezes, inclinando-se a cada vez.

Maurício também fez uma mesura, com muita elegância, e miou:

– Muitíssimo obrigado, Monsignore. Vamos nos mostrar dignos de sua confiança. Mas será que o senhor poderia nos responder a uma última questão? Como faremos para chegar lá em tempo?

São Silvestre olhou para ele e, mais uma vez, pareceu trazer seus pensamentos lá da eternidade.

– O que você disse, meu amiguinho? – perguntou ele, sorrindo, como aliás todos os santos sempre fazem. – De que estávamos falando, mesmo?

– Perdão – gaguejou o gatinho –, é que eu estou achando que não vou mais conseguir descer desta torre. E o coitado do Jacó também está no fim das forças.

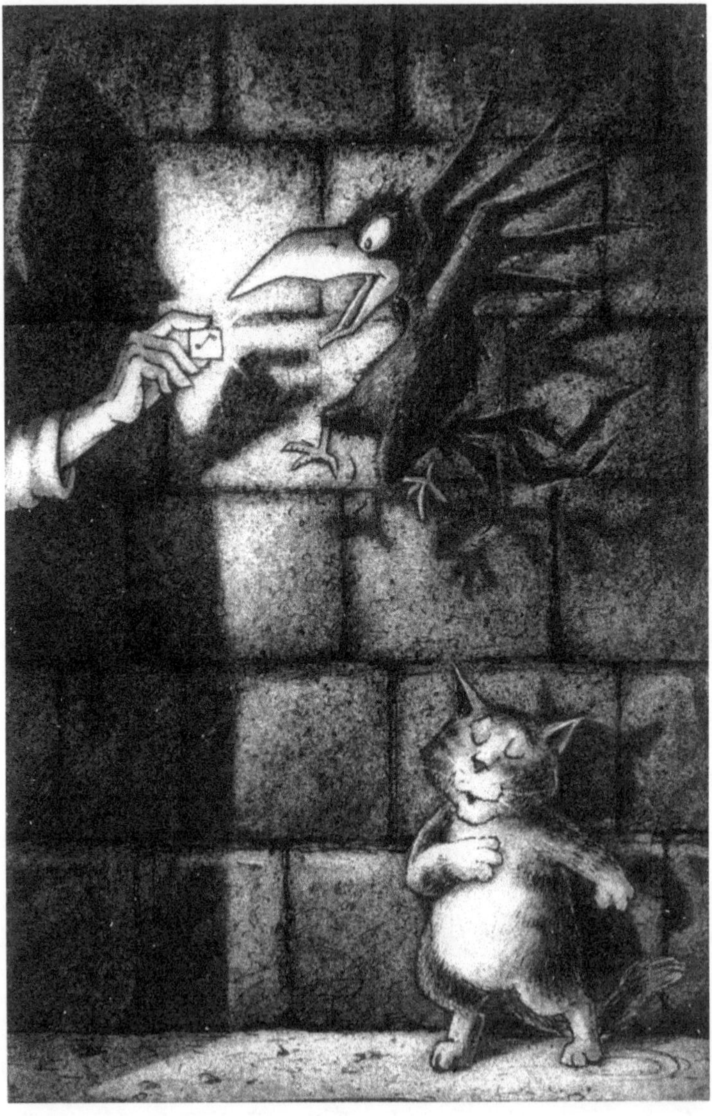

– Ah, sei, sei – respondeu São Silvestre. – Bem, creio que isso não é problema nenhum. Vocês vão voar com o som dos sinos, e num segundinho estarão chegando lá. Agarrem-se firmemente um no outro. Mas agora tenho mesmo de me despedir. Foi uma grande satisfação conhecer duas criaturas de Deus tão valentes e corretas como vocês. Vou contar tudo lá em cima.

Ele levantou a mão para abençoá-los.

O gato e o corvo agarraram-se um no outro e imediatamente saíram voando através da noite à velocidade do som. Para sua grande surpresa, em poucos segundos estavam de volta ao quarto do gatinho. A janela continuava aberta, e era como se eles nunca tivessem saído dali.

No entanto, a prova de que não tinha sido um sonho era o pedacinho de gelo, com aquela linda luzinha dentro, que Jacó Craco estava segurando no bico.

O que torna a vida dos especialistas em magia negra mais cansativa e desconfortável é eles precisarem manter eternamente sob seu domínio e controle todos os seres e até mesmo os objetos mais simples. No fundo, eles não podem se permitir nem um momento de desatenção ou de fraqueza, pois todo o seu poder depende da opressão. Nenhum ser vivo ou objeto lhes prestaria serviço de livre e espontânea vontade. Por isso, precisam manter todos sob regime de escravidão, através de sua radiação mágica. Caso se descuidem, por um minuto que seja, imediatamente se inicia uma revolta contra eles.

Talvez seja difícil para pessoas normais entender que haja alguém que tenha prazer em exercer esse tipo de opressão. Entretanto, sempre houve e continua havendo gente assim, que não mede obstáculos para conseguir e manter esse poder. E isso não acontece apenas entre magos e feiticeiras.

No entanto, quanto mais força de vontade Errônius precisava usar para contrapor seu hipnotismo paralisante ao de Tirânia, menos energia lhe restava para manter sob seu controle os inúmeros espíritos elementares guardados dentro dos vidros no seu assim chamado Museu de Ciências Naturais.

Aconteceu então que um daqueles serezinhos horrorosos, o crítico literário, começou a se mexer e se esticar. Acordou, olhou à sua volta e, quando percebeu onde estava, começou a se agitar tanto, que seu vidro de conservas acabou caindo da prateleira. Não foi um tombo muito grande, mas foi o suficiente para transformar em cacos sua prisão de vidro.

Ao ver aquilo, os outros começaram a fazer o mesmo, gesticulando e batendo. Os vidros foram se estilhaçando, um após o outro, e os que se soltavam iam ajudando os outros presos, aumentando cada vez mais o número de libertos. Logo o corredor sombrio estava fervilhando de gnomos e duendes, de espíritos das águas e elfos, salamandras e anõezinhos de todos os tipos e formas. Todas as criaturinhas corriam sem rumo, tombando umas contra as outras, pois na Vila Pesadelo estavam fora de seu ambiente natural.

O crítico literário não se preocupava muito com os outros, pois era instruído demais para acreditar na existência daqueles seres. Só ficava fungando e farejando. Afinal, fazia muito tempo que não criticava nenhum livro e estava morrendo de vontade de fazê-lo. Seu faro infalível lhe indicava onde encontrar material adequado e, assim, ele se pôs a caminho do laboratório. A princípio hesitantes, alguns gnomos o seguiram, na esperança de que ele lhes indicasse o caminho para a liberdade. Formou-se um verdadeiro cortejo, ao qual se juntavam cada vez mais criaturas. Por fim, um exército de milhares de cabeças estava em marcha, tendo à frente o crítico literário, que sem querer assumira o papel de líder rebelde.

Acontece que todos esses espíritos são pequenos no tamanho, mas suas forças, como se sabe, são poderosas. Quando aquele exército adentrou o laboratório, a construção tremeu até os alicerces, como se estivesse havendo um terremoto, e tudo começou a se arrebentar. As vidraças se despedaçaram, as portas se quebraram, as paredes começaram a rachar, parecia que estava havendo um bombardeio.

Finalmente, os objetos até então imóveis, e ainda submetidos à força mágica de Errônius, adquiriram vida própria e, como fantasmas, passaram a se levantar contra os rebeldes. Os frascos, os cilindros de vidro, os êmbolos e cadinhos começaram a se mover, a assobiar, a cuspir, a dançar e a espirrar contra os invasores os líquidos que continham. Muitos acabaram virando caco nessa luta, porém vários dos seres elementares também levaram a pior e acabaram fugindo, mancando e gemendo, para o Parque Morto, procurando abrigo seguro.

No meio da confusão, o crítico literário tinha se recolhido à biblioteca, para se dedicar em paz a sua tarefa. Apanhou um dos volumes e começou a criticar aqui e ali, conforme sua vontade. Mas o livro de magia, parecendo não gostar daquilo, agarrou-o.

Enquanto os dois ainda estavam lutando, todos os outros livros da biblioteca começaram a adquirir vida. Em fila e coordenados, saíram marchando às centenas e milhares para fora das prateleiras.

Acontece que, como se sabe, os livros também são inimigos uns dos outros. Já em se tratando de livros normais, ninguém que tivesse um pingo de sensibilidade colocaria um livro erótico ao lado de um livro infantil ou de um livro sobre economia. No entanto, quando isso acontece, livros normais não podem se rebelar. Em se tratando de livros de magos, porém, a coisa é bem diferente, principalmente quando os laços de servidão são rompidos. Assim, em pouquíssimo tempo formaram-se entre os livros diversas facções, conforme seu conteúdo, que passaram a lutar entre si. Com as capas em riste, os livros tentavam se derrubar uns aos outros. Diante disso, o crítico literário se apavorou e fugiu.

Por fim, até os móveis entraram na confusão. Pesados armários saíram se arrastando, arcas cheias de objetos e louças saltitavam por todos os lados, cadeiras e poltronas rodopiavam como patinadores se equilibrando numa perna só, mesas galopavam e corcoveavam como cavalos em rodeio. Em suma, parecia mesmo um verdadeiro sabá de feiticeiras.

O relógio-cuco, com aquela sua engrenagem macabra, já não se limitava a martelar o dedão machucado e começou a bater descontroladamente em tudo que havia em torno dele. Seus ponteiros giravam sem parar e, finalmente, o relógio se soltou da parede e saiu girando como um parafuso sobre o campo de batalha. Cada vez que ele passava por cima da cabeça do mago e da feiticeira, que continuavam sem poder se mexer, martelava com toda a força.

Nesse meio-tempo, também os espíritos elementares haviam escapado e se espalhavam por todo lado. Os livros, móveis e objetos, que até então lutavam uns contra os outros, voltaram sua raiva comum contra seus opressores. Errônius e Tirânia eram atingidos por livros voadores, levavam mordidas da cabeça de tubarão, esguichadas dos êmbolos de vidro, empurrões das cômodas e chutes das pernas das mesas, até saírem rolando pelo chão, os dois ao mesmo tempo, como se fossem duas bolas. Quando isso aconteceu, o efeito da hipnose mútua se rompeu e os dois puderam se recompor.

Com voz potente, Errônius trovejou:

– Paaarem!

O mago levantou os braços e seus dez dedos lançaram raios verdes, que partiram para todos os cantos do laboratório, para todos os outros cômodos da Vila Pesadelo, percorrendo os corredores sombrios, subindo as escadas, chegando até o depósito e o porão. Depois, ele vociferou:

> – Coisas e seres de longe e de perto,
> submetam-se ao meu poder!
> Sou eu o senhor único e certo
> a quem devem obedecer.

É claro que ele não conseguiu recuperar os espíritos elementares fugitivos, que já tinham conseguido pôr-se a salvo, escapando de seu campo de ação mágico. Mas todo o rebuliço dentro da Vila Pesadelo cessou no mesmo instante. O que atravessava os ares sibilando esborrachou-se no chão, o que estava agarrando ou mordendo alguma coisa se soltou. Tudo ficou imóvel. Só a longa tira de pergaminho em que estava inscrita a receita se retorceu como uma minhoca imensa, pois tinha caído na lareira e foi se queimando, até virar cinza.

Respirando com dificuldade, Errônius e Tirânia percorriam com os olhos o laboratório à sua volta. O aspecto do recinto era assustador, só havia livros rasgados, janelas e vidros partidos, móveis quebrados e demolidos, cacos e pedaços de coisas quebradas. Das paredes e do teto pingavam as poções e essências, formando no chão poças fumegantes. O mago e a feiticeira não estavam em melhores condições, cheios de hematomas, arranhões e galos, com suas roupas em frangalhos e imundas.

Quanto ao ponche dos desejos satanarquiasmonumentalcooliconchavolátil, ele continuava inalterado no meio da sala, em seu recipiente de fogo frio.

O gato e o corvo chegaram ao quarto do gato, de volta do alto da torre, exatamente em tempo de ouvir o estardalhaço dos vidros de conserva do corredor que se quebravam. Como não podiam imaginar qual fosse a causa daquela barulheira infernal, saíram novamente para o jardim e se refugiaram nos galhos de uma árvore morta. Lá ficaram os dois, um bem juntinho do outro, ouvindo espantados o suposto terremoto que sacudia o casarão inteiro, enquanto observavam as vidraças se estilhaçando.

– Você acha que eles estão brigando? – sussurrou Maurício.

Jacó, que continuava obstinadamente a segurar com o bico o pedacinho de gelo com a linda luzinha dentro, só fez "hm, hm?", e balançou as asas.

Nesse meio-tempo o vento tinha cessado completamente e lá fora estava mais agradável. As nuvens escuras haviam se dissipado e no céu as estrelas cintilavam como milhões de diamantes. Mas fazia mais frio ainda do que antes.

Os dois animais tremiam e se aconchegavam ainda mais.

Errônius e Tirânia estavam um de frente para o outro, tendo entre eles a imensa poncheira. Encaravam-se cheios de ódio incontido.

– Maldita bruxa velha – resmungou o mago, entre dentes. – É tudo culpa sua.

– É sua, seu vigarista traiçoeiro – sibilou ela. – Nunca mais faça isso!

– Foi você que começou.

– Não, foi você.

– Mentira.

– Você queria acabar comigo para beber o ponche sozinho.

– Você também queria.

Os dois se calaram, obstinados.

– Buzinho – disse a feiticeira, finalmente –, sejamos sensatos. Seja como for, só sei que perdemos muito tempo com tudo isso. E, se não quisermos perder todo o nosso trabalho de preparação do ponche, está mais do que na hora.

– Tem razão, tia Titi – respondeu ele, com um sorriso amarelo. – Então devemos ir buscar depressa os dois espiões para começarmos a festa.

– Eu vou junto – disse Tirânia –, senão é capaz de você voltar a ter aquelas ideias meio idiotas, meu rapaz.

Rapidamente os dois escalaram a montanha de entulho que havia no meio do caminho e saíram correndo pelo corredor.

– Agora eles saíram – murmurou Maurício, que conseguia enxergar no escuro e podia observar melhor o interior da casa. – Depressa, Jacó! Voe depressa, que eu vou atrás de você.

Jacó bateu as asas com insegurança e voou do galho até uma das janelas quebradas do laboratório. Maurício primeiro desceu com cuidado da árvore morta, agarrando-se com as patas, caminhou com dificuldade através da neve alta até a casa, saltou no parapeito da janela e de lá, cuidadosamente, subiu até o buraco da vidraça. Viu algumas penas ensanguentadas no meio dos cacos de vidro e levou um susto.

— Jacó — sussurrou —, o que aconteceu? Você está ferido?

Mas depois ele sentiu tanta vontade de espirrar, que quase caiu de onde estava. Sem nenhuma dúvida, ainda por cima tinha apanhado um tremendo resfriado.

Maurício olhou para dentro do laboratório e viu a devastação.

— Meu Deus do céu — ele quis exclamar —, em que estado isso ficou!

Mas só conseguiu piar, pois sua voz tinha quase sumido.

Jacó, empoleirado na borda da poncheira, tentava jogar o pedacinho de gelo lá dentro, mas não conseguia. Seu bico estava duro, congelado.

Ele lançou um olhar suplicante para Maurício, pedindo ajuda e fazendo "hm! hm! hm!" sem parar.

— Escute só! — piou o gatinho, com cara de tragédia. — Está ouvindo minha voz? Isso é o que restou dela. Acabou para sempre!

O corvo começou a saltar, irritado, na borda da poncheira.

— O que está esperando? — piou Maurício. — Jogue a nota aí dentro de uma vez!

— Hm! Hm! — respondeu o corvo, tentando desesperadamente abrir seu bico.

– Espere, vou ajudá-lo – sussurrou Maurício, que finalmente havia compreendido o drama.

Ele saltou também para a borda da poncheira, mas suas patas tremiam tanto, que por um triz não acabou caindo dentro do ponche. O gato segurou com força em Jacó, que também só conseguiu manter o equilíbrio a muito custo.

Nesse momento eles ouviram a voz da feiticeira no corredor:

– Não estão? Como assim, não estão? OOOiii, Jacozinho, meu corvo, onde você se meteu?

Então ouviu-se a voz de baixo de Errônius:

– Maurizio di Mauro, meu querido gatinho, venha cá, é seu Maestro!

As vozes aproximavam-se cada vez mais:

– Grande Gato que estás no céu, ajude-nos – murmurou Maurício, fazendo força com as duas patas para abrir o bico de Jacó.

De repente ouviu-se um "plump!" e o imenso recipiente vibrou. E não se ouviu mais nada. A superfície do líquido apenas se encrespou, como se tivesse tido um arrepio. Depois se imobilizou novamente. O pedacinho de gelo com a nota do repicar dos sinos tinha se dissolvido dentro do ponche, sem deixar vestígio.

Os dois animais saltaram para o chão e se esconderam atrás de uma cômoda caída.

No mesmo instante Errônius entrou, seguido de Tirânia.

– O que foi isso? – perguntou a feiticeira, desconfiada. – Alguma coisa esteve aqui. Estou sentindo.

– O que pode ter sido? – perguntou o mago. – Eu só queria saber onde se meteram aqueles dois. Se conseguiram escapar, todo o nosso esforço para preparar o ponche terá sido inútil.

– Ora, escute aqui – disse a feiticeira –, o que você quer dizer com inútil? Seja como for, temos tempo mais que suficiente para cumprir nossas obrigações contratuais até a meia-noite. Ou será que não?

Errônius continuou calado.

– Psiu! – sibilou. – Está maluca, Titi? Eles podem estar por aqui nos ouvindo.

Os dois ficaram à escuta... e naturalmente naquele momento Maurício não conseguiu conter um tremendo espirro.

– Ahá! – gritou Errônius. – Saúde, senhor menestrel!

Os animais saíram hesitantes de trás da cômoda. Jacó, com a mancha de sangue nas penas do peito, arrastava as asas, enquanto Maurício avançava cambaleando.

— Ahá! — disse então Tirânia, aliviada. — Há quanto tempo vocês estão aí, gracinhas?

— Acabamos de entrar pela janela — grasnou Jacó. — Foi então que me cortei, como a senhora pode ver, Madame.

— E por que vocês não ficaram no quarto do gato, conforme nós ordenamos?

— Pois nós ficamos — mentiu o corvo. — Ficamos dormindo o tempo todo, mas de repente começou um estardalhaço, um barulhão, e ficamos tão apavorados, que resolvemos nos refugiar no jardim. Que susto! Por que os senhores estão desse jeito? O que aconteceu?

Ele deu um cutucão no gato, que repetiu com voz fraca:

— ... é, o que aconteceu?

Em seguida ele teve um terrível acesso de tosse.

Quem já viu um gatinho com acesso de tosse sabe que é uma cena de cortar o coração. O mago e a feiticeira fingiram preocupação.

— Você parece estar muito mal, meu querido — disse Errônius.

— Parece que os dois estão meio estafados — acrescentou Tirânia. — Não aconteceu mais nada com vocês?

— Mais nada? — gritou Jacó. — Ora, ora, muito obrigado! Ficamos acocorados lá fora naquela árvore durante meia hora, sem coragem de voltar para dentro... debaixo desse frio tremendo. Mais nada! Sou um corvo, Madame, não um pinguim! Estou sentindo meu reumatismo tomar todos os meus membros, não consigo mais nem mexer as asas. Mais nada! Ah, estou dizendo que isso tudo ainda vai acabar mal!

— E aqui dentro? — perguntou Tirânia, apertando os olhos. — Vocês não mexeram em nada?

— Em nadinha — grasnou Jacó. — Chega o susto que levamos com aquela serpente de papel.

— Deixe disso, Titi — disse o mago. — Só estamos perdendo tempo.

Mas ela balançou a cabeça.

— Eu ouvi alguma coisa. Tenho certeza.

A feiticeira encarou os animais fixamente.

Jacó abriu o bico para retrucar, mas fechou-o novamente. Não conseguia pensar em nenhuma desculpa.

— Fui eu — disse Maurício, com sua vozinha pipilante. — Desculpem, por favor, mas meu rabo estava congelado, duro como uma bengala e totalmente amortecido. Sem querer bati com ele no vidro, mas não aconteceu nada, Maestro.

O corvo lançou um olhar de agradecimento a seu colega.

O mago e a feiticeira pareceram se acalmar.

— Vocês estão admirados — disse Errônius — por ver que isso aqui está parecendo um campo de batalha, amiguinhos. Devem estar se perguntando quem teria feito isso comigo e com minha pobre tia, não é?

— É, quem foi? — grasnou Jacó.

— Bem, vou lhes contar — continuou o mago, com voz empolada. — Enquanto vocês dois tiravam uma soneca tranquilamente no quarto do gato, nós travávamos aqui uma dura batalha... uma ba-

talha contra as forças do Mal, que queriam nos aniquilar. E sabem por quê?
— Por quê? — disse Jacó.
— Tínhamos prometido a vocês uma grande e maravilhosa surpresa, não é mesmo? E cumprimos o que prometemos. Vocês são capazes de adivinhar do que se trata?
— Do quê? — perguntou Jacó, e Maurício murmurou junto.
— Bem, então ouçam, caros amiguinhos, e alegrem-se — disse Errônius. — Minha boa tia e eu trabalhamos incansavelmente, fazendo grandes sacrifícios pessoais — dizendo isso ele lançou um olhar cortante para Tirânia — ... grandes sacrifícios pessoais pelo bem-estar de todo o mundo. A força do dinheiro — ele apontou para a feiticeira — e a força do saber — e apontou para o próprio peito, baixando respeitosamente os olhos — irão se unir para trazer felicidade e bênçãos para todas as criaturas sofredoras e toda a humanidade.

Ele fez uma pequena pausa e levou teatralmente a mão aos olhos, antes de continuar.

— Mas as boas intenções logo atraíram as forças do Mal para participar do plano. Elas caíram sobre nós e tentaram de tudo para impedir que conseguíssemos realizar nosso nobre intento. O resultado vocês estão vendo. No entanto, como nós dois somos uma só alma e um só coração, elas não conseguiram nos coagir. Nós as expulsamos. E lá vocês estão vendo nosso trabalho conjunto: aquela bebida maravilhosa, que possui a magia divina capaz de realizar todos os desejos. É claro que tão grande poder só pode ser oferecido a personalidades dignas, que nunca o exerçam de modo egoísta, a personalidades como a tia Titi e eu...

Pelo visto até o mago tinha achado que aquilo era demais. Ele tapou a boca com a mão, para esconder o tremor provocado por um risinho sarcástico.

Tirânia olhou para ele com ar de aprovação e rapidamenta tomou a palavra:

– Você disse muito bem, meu caro jovem. Estou comovida. O grande momento chegou.

Depois a feiticeira se inclinou para os animais, acariciou-os e disse, num tom muito significativo:

– E vocês, meus pequenos, foram escolhidos para serem testemunhas desse acontecimento fabuloso. É uma grande honra para vocês. Devem estar contentes, não é mesmo?

– E como! – grasnou Jacó, irritado. – Muito obrigado.

Maurício também quis dizer alguma coisa, mas foi acometido de outro acesso de tosse.

O mago e a feiticeira procuraram entre a louça revirada dois copos que ainda estivessem inteiros e uma concha. Puxaram duas cadeiras e sentaram-se ao lado do recipiente que continha o ponche.

Eles encheram seus copos com a bebida opalescente e a beberam de um só gole. Quando terminaram, os dois tomaram fôlego, pois o teor alcoólico do ponche era realmente elevado. Dos ouvidos de Errônius saíam aneizinhos de fumaça, e as poucas madeixas de cabelo de Tirânia se enrolaram como se fossem saca-rolhas.

– Aaah! – ele fez, limpando a boca. – Isso faz um bem!

– Ééé – disse ela –, é muito vitalizante.

Então Errônius e Tirânia começaram a desfiar seus desejos. Naturalmente eles deviam rimar, para fazer efeito.

O mago foi mais rápido para conceber a primeira fórmula mágica:

– Ponche de todos os ponches, realize meus desejos:
  Dez mil árvores que estejam morrendo
  devem continuar vivendo,
  e as que ainda estão saudáveis
  sejam ao Mal invulneráveis.

E então a feiticeira também já estava com a sua fórmula pronta:

– Ponche de todos os ponches, realize meus desejos:
  As ações da Eu & Companhia
  não renderão mais nada.
  Serão uma tal porcaria,
  pior que papel de privada.

Depois os dois se serviram de mais um copo, que também tomaram de um só trago e muito depressa, pois não lhes restava muito tempo. Precisavam beber tudo até meia-noite.

Mais uma vez, foi Errônius quem proferiu primeiro sua fórmula mágica:

– Ponche de todos os ponches, realize meus desejos:
Que cada rio do mundo,
seja raso ou profundo,
volte a ser a partir de agora
limpo e piscoso como outrora.

Logo em seguida Tirânia gritou:

– Ponche de todos os ponches, realize meus desejos:
Quem polui mananciais
e põe água suja pra vender
não terá vinho nunca mais
e seu próprio veneno irá beber.

Encheram de novo os copos e rapidamente fizeram o ponche descer pela goela. Dessa vez Tirânia foi a primeira:

– Ponche de todos os ponches, realize meus desejos:
Quem mata foca e elefante pra vender pele e marfim,
quem sai caçando baleia pelos nossos oceanos
verá seus negócios chegarem ao fim,
pois perderá os fregueses nos próximos anos.

O sobrinho a seguiu num piscar de olhos:

– Ponche de todos os ponches, realize meus desejos:
  Que nenhuma espécie animal
  seja destruída inutilmente.
  Que vivam todas em seu meio natural
  sendo respeitadas daqui para a frente.

Depois de tomarem mais um copo, a voz do mago ressoou de novo:

– Ponche de todos os ponches, realize meus desejos:
  As estações do ano, quentes ou frias,
  alteradas por tanta destruição,
  voltarão à forma dos velhos dias
  dando sossego ao nosso coração.

Depois de pensar um pouquinho, a feiticeira falou:

– Ponche de todos os ponches, realize meus desejos:
  Quem provoca na atmosfera o tal furo
  sem se preocupar com o nosso futuro
  sentirá na pele os efeitos terríveis
  dos raios nefastos invisíveis.

Mais um copo, e dessa vez a feiticeira foi a mais rápida:

– Ponche de todos os ponches, realize meus desejos:
  Quem semeia a discórdia entre as raças
  provoca guerras e outras desgraças,
  quem vende armas pra ficar milionário
  terminará seus dias pobre e solitário.

Logo em seguida levantou-se a voz estentórea de Errônius:

– Ponche de todos os ponches, realize meus desejos:
Que o mar seja vivo até as profundezas!
Os vazamentos de óleo nunca mais aconteçam.
Os oceanos se preservem com suas belezas
e as praias intocadas assim permaneçam.

 Assim, os dois se embriagavam e versejavam sem parar, e era cada vez mais difícil disfarçarem seu risinho sarcástico.
 Ficavam imaginando as desgraças que a realização de seus desejos, aparentemente tão nobres, causariam ao mundo e se deliciavam em enganar daquele jeito os dois animais presentes e, afinal, seu Conselho Supremo. Pelo menos era isso que acreditavam estar fazendo. Além do mais, o efeito do álcool era cada vez mais evidente. Na verdade, os dois estavam acostumados a beber e resistiam bastante, mas a pressa com que bebiam e a alta dosagem alcoólica do ponche favoreciam a embriaguez.

 Quanto mais se embebedavam, mais ruidosos e extravagantes se tornavam seus desejos. Depois de cada um já ter tragado mais do que dez copos, eles começaram a berrar e a gritar.

Mais uma vez, foi Tirânia quem começou:

– Ponche de todos os ponches, realize meus desejos:
A riqueza a que alguns julgam ter direito
não deve custar aos outros sacrifício... hic!
Qualquer exploração em próprio proveito
se torne maldição em vez de benefício.

Em seguida, levantou-se a voz de Errônius:

– Ponche de todos os ponches, realize meus desejos:
Que se abandonem em todas as áreas
as fontes perigosas de energia... hup!
Para nos dar as forças necessárias,
usemos o vento, o Sol e a alegria.

Depois de mais um copo, a feiticeira gritou:

– Ponche de todos os ponches, realize meus desejos:
Só deve ser vendido o que é bom e puro
e que seja produto de trabalho duro.
Não se venda a vida, a consciência e o direito,
muito menos a dignidade e o respeito... hic!

E o mago bradou:

– Ponche de todos os ponches, realize meus desejos:
Que não haja mais pestes em qualquer território,
sejam naturais ou de laboratório... huc!
Que as antigas doenças sumam da Terra
e levem com elas qualquer tipo de guerra.

Mais uma vez, cada um deles virou um copo cheinho, e Tirânia grasnou:

– Ponche de todos os ponches, realize meus desejos:
Que as crianças possam ter esperança,
um futuro de paz lhes deixemos como herança...
hip!
Que sejam puras de alma e digam de coração
sim ao bem-estar e não à exploração!... hic!

    Errônius seguiu-a com outra quadrinha, e assim prosseguiram os dois. Bebiam e recitavam sem parar, era como uma corrida, em que ora um, ora outro chegava primeiro, mas nenhum dos dois conseguia vencer definitivamente.
    O corvo e o gato angustiavam-se ouvindo e vendo tudo aquilo. Afinal, não podiam verificar o que acontecia no mundo lá fora com cada um daqueles desejos. Não podiam saber se aquele único som dos sinos de Ano-Novo, até agora inaudível, estava fazendo efeito. Será que não tinha sido muito fraco para impedir o diabólico efeito de inversão do ponche? E se o mago e a feiticeira estivessem conseguindo que todos os seus desejos se realizassem *ao contrário?* Então a pior catástrofe já estaria ocorrendo no mundo, e ninguém mais poderia evitá-la.

Jacó Craco tinha escondido a cabeça debaixo das asas, e Maurício tapava com as patas ora os ouvidos, ora os olhos.

No entanto, parecia que a feiticeira e o mago estavam enfraquecendo cada vez mais, em parte porque ia se tornando mais difícil fazer os versinhos e eles já tinham preenchido sua cota de maldades, em parte também porque estavam deixando de se divertir com aquilo. Não podiam ver com seus próprios olhos as consequências reais de seus desejos mágicos, e criaturas do tipo deles só têm prazer quando conseguem desfrutar diretamente da infelicidade que provocam.

Por isso os dois resolveram usar o resto do ponche para alguma coisa que lhes desse prazer imediato, fazendo magias que se realizassem ali mesmo, no ambiente deles.

O coração de Jacó e o de Maurício quase pararam de bater quando ouviram aquela decisão. Tinha chegado a hora crucial. Ou eles ficariam sabendo que o som dos sinos de São Silvestre não tinha surtido efeito, e aí tudo estaria perdido, ou saberiam que o efeito de inversão tinha sido anulado, e então Errônius e Tirânia naturalmente também iriam perceber. Nesse caso, não era difícil prever o que aconteceria com o gato e o corvo. Jacó e Maurício se entreolharam, angustiados.

Errônius e Tirânia, no entanto, já tinham bebido mais de trinta copos, um atrás do outro, e estavam completamente embriagados. Os dois mal conseguiam se manter sentados nas cadeiras.

– Agora preste atenção, minha querida... hic... querida tinta Tati, balbuciou o mago. – Eztá na hora de dransformar os bi-bi-jinhos. Que... que... que vozê acha?

– Boa ideia, Bulzubezinho – respondeu a feiticeira. – Venha cá, Jacó, meu inf... hics!... corvo!

– Mas, mas... – grasnou Jacó, desesperado. – Por favor, Madame, comigo não, não estou a fim, socorro!

Ele tentou voar e saiu cambaleando pelo laboratório, à procura de um esconderijo qualquer, mas Tirânia já tinha engolido mais um copo e agora estava pronunciando, com muito esforço, a seguinte fórmula mágica:

– Ponchditdzozpunchs, rea... hic!... lizz meus desejos:
Tire as dores do... hic!... Jacó Craco,
suas feridas e outras mazelas.
Não quero mais vê-lo fra... fraco,
e lhe devolva as penas tão belas... hic!

O mago e a feiticeira, e de certo modo também o corvo, que era muito pessimista, esperavam que o pobre coitado aparecesse totalmente nu, como um galo depenado, encurvado de tanta dor e fraqueza.

Em vez disso, Jacó sentiu de repente que estava com uma plumagem bem quentinha, brilhante e preto-azulada, como nunca tivera em sua vida. Alisou suas penas, endireitou-se, estufou o peito, esticou primeiro a asa esquerda, depois a direita, e as examinou, altivo. As duas estavam impecáveis.

– Ei, seu ovo gordo! – grasnou ele. – Maurício, você está vendo o que estou vendo, ou fiquei totalmente maluco?

– Estou vendo, sim – sussurrou o gatinho. – E lhe dou os parabéns. Para um corvo velho, você está quase elegante.

Jacó bateu forte as asas novinhas em folha e berrou, admirado:

– Vivaaaa! Não estou sentindo mais nenhuma dorzinha! É como se eu tivesse renascido!

Errônius e Tirânia olhavam fixamente para o corvo, com os olhos vidrados. Seus miolos saíram de órbita, até que finalmente compreenderam o que estava acontecendo.

– Co...como assim? – murmurou a feiticeira – O q...que esse hic!... aconteceu com esse pássaro idiota? Est...tá tudo errado!

– Tita Tatiti – riu baixinho o mago –, você fez alguma coisa errada... hic!... misturou tudo! Está completamente caduca, pobre velhinha. Agora vou lhe mostrar... hup!... como age um profissional. Preste bem atenção.

Ele virou goela abaixo um copo cheio e balbuciou:

– Ponche todo de ponches, deseje meus realizos:
Que esse gato se sinta bem como nunca se sentiu,
saudável, veloz, ágil e leve... hup!
O melhor tenor, com a maior voz que já se viu,
com a neve tomo a pele... hic... a pele como a neve.

Maurício, que até aquele momento estava se sentindo à beira da morte e mal conseguia emitir um som, sentiu de repente o corpo gorducho se alongar e crescer, e ele se tornou um gato garboso e forte. As manchas de sua pele sumiram, seu pelo tornou-se branquinho e sedoso, e seu bigode parecia de tigre.

O gato se empertigou todo e, quando foi falar, espantou-se ao notar que sua voz tornara-se clara e harmoniosa:

– Jacó, meu amigo – disse ele –, que tal estou?

O corvo piscou com um olho e matraqueou:

– Que classe, Maurício, parece um príncipe! Exatamente como você sempre quis ser.

– Sabe, Jacó – disse o gato, alisando o bigode –, de agora em diante pode voltar a me chamar de Maurizio di Mauro. Esse nome combina melhor comigo, você também não acha? Escute só!

O gato respirou fundo e começou a miar melodiosamente:

– *O sole mio...*

– Psiu! – fez Jacó, acenando. – Cuidado!

Por sorte, o mago e a feiticeira não tinham ouvido nada, pois entre eles tinha começado uma briga sem tamanho. Um acusava o outro de ter cometido algum erro.

– E você ainda vem me dizzzer que é um profizziounal? – gritou Tirânia. – Faz-me rir, ha, ha! Você é um... hic!... bobão ridículo.

– Olha quem fala! – rosnou Errônius. – Justo você vai querer julgar meu porfis...prossis...profissiola... profissionalismo, sua charlatã, sua...

– Venha, gatinho – sussurrou Jacó –, acho melhor darmos o fora daqui. Logo mais eles vão perceber o que aconteceu, e vamos acabar tendo um triste fim.

– Mas eu queria ver o que vai acontecer agora – cochichou o gato.

– Infelizmente – respondeu o corvo – você não adquiriu mais miolos do que tinha. Bom, mas também para que um cantor vai precisar de miolos? Agora é melhor darmos o fora, e depressa, ouça o que estou dizendo!

Enquanto o mago e a feiticeira continuavam brigando, os dois escapuliram pela janela quebrada, sem serem notados.

Só tinha sobrado um restinho do ponche dos desejos. Como já dissemos, a tia e o sobrinho estavam bêbados feito dois perus. E, como sempre acontece quando pessoas de mau caráter se embebedam, eles iam se enfurecendo cada vez mais.

Os dois já nem se lembravam dos animais e assim, por sorte, não perceberam que eles tinham desaparecido. Além disso, ainda não tinham pensado na possibilidade de que alguma coisa tivesse provocado a alteração do efeito de inversão do ponche mágico. Em vez disso, no auge da ira, cada um dos dois tomou a decisão de acabar com o outro, e exatamente através do poder daquela poção. Cada um pretendia desejar ao outro a coisa pior e mais maldosa possível. Esse desejo era de que o outro envelhecesse muito e chegasse à beira da morte. Mais uma vez, os dois engoliram ao mesmo tempo mais um copo cheio de ponche e gritaram em uníssono:

> – Puxe de todoz pixes, deseze meus realijos:
> Que você tenha beleza e juventude,
> muita sabedoria e... hic!... virtude,
> vida longa... hup!... e muita vontade
> de fazer apenas bondade.

De repente, lá estavam Errônius e Tirânia sentados um na frente do outro, totalmente aparvalhados, bonitos e jovens como um príncipe e uma princesa de contos de fadas.

Tirânia apalpou sua silhueta elegante (é claro que o vestido de noite amarelo-enxofre, agora, estava sobrando por todos os lados).
Errônius passou a mão pela cabeça, gritando:
– Ei, o que é isso no meu cocuruto?... hic!... Que ca... cabeleira maravilhosa! Preciso de um pelho e um espente, quer dizer, um dente e um pen-

telho, quer dizer, um pente e um espelho... para eu dar um jeito nessa juba.

De fato, sua cabeça, antes totalmente careca, estava agora coberta por uma farta cabeleira preta, toda desgrenhada.

Os cabelos da tia, ao contrário, eram longos e dourados, caindo até os ombros, como os de uma sereia. Ela passou os dedos pelo rosto, antes tão enrugado, e exclamou:

— Minha... hic!... pele está mais lisa do que bumbum de bebê!

Então os dois se detiveram, entreolharam-se com um sorriso embevecido, como se um estivesse vendo o outro pela primeira vez (o que de certa maneira era verdade, pois nunca se tinham visto daquele jeito).

O ponche dos desejos os tinha transformado completamente, embora em sentido contrário ao das suas intenções. Mas uma coisa continuava igual, ou pior: a bebedeira. Afinal, esse tipo de efeito não há bruxo que consiga desfazer.

— Bulzebezinho — matraqueou a tia —, você virou um rapagão. Só estou achando... hic!... que você virou dois.

— Contenha-se, gra... gracinha — gaguejou o sobrinho. — Você está parecendo uma sereia, estou até vendo uma auréola... aliás, duas... sobre sua cabeça. Seja como for, tenho muita admiração por você, Titita querida. Estou me sentindo outro, de corpo e alma. Hic! Estou me sentindo tão bem, sabe? Tão cheio de amor para dar...

— Também estou me sentindo assim — respondeu ela. — Estou com vontade de abraçar o mundo, estou transbordando de amor...

– Tiazoca – exclamou Errônius –, você é uma tia tão, mas tão encantadora, que eu quero fazer as pazes com você para toda a eternidade. O que acha de nos tratarmos com mais intimidade?

– Ora, meu querido Buuizi – retrucou ela –, nós já nos tratamos com intimidade.

Errônius balançou a cabeça, pesadamente.

– Certo, certo. Mais uma vez, você tem toda a razão. Então vamos nos chamar pelo primeiro nome a partir de agora. Eu, por exemplo, me chamo... hic!... como é que eu me chamo mesmo?

– I... isso não importa... – disse Tirânia. – Vamos esquecer tudo o que já fomos. Vamos começar vida nova, não é? Nós dois... hic!... éramos tão maus, tão ruins, mesmo.

O mago começou a soluçar.

– É, éramos mesmo. Dois malvados, nojentos... hup!... Estou tão envergonhado, titi.

Nesse momento, a tia também começou a uivar como um cachorro preso na corrente.

– Venha para o meu colinho, meu jobre novenzinho... hic!... nobre jovenzinho. De hoje em diante dudo vai muldar. Vamos zer bonzinhoz um com outro e com todu mundu.

Errônius chorava cada vez mais.

– É sim, é sim, vai ser assim mesmo! Estou tão comovido.

Tirânia fez-lhe um carinho na bochecha e fungou:

– Não chore assim, meu coraçãozinho, você está me cortando o hic! Além do mais, nós já praticamos uma quantidade enorme de boas ações.

– Quando? – perguntou Errônius, enxugando os olhos.

– Ora, esta noite – explicou a feiticeira.

– Como assim?

– É que o ponche acabou realizando todos os nossos bons desejos ao pé da letra, entendeu? Ele não inverteu nada.

– Como é que você sabe?

– Ora – disse a tia –, é só olhar para nós dois. Hic! Por acaso não somos uma prova disso?

Só então ela mesma percebeu com clareza o que tinha acabado de dizer. Ela e o sobrinho entreolharam-se, com os olhos esbugalhados. O mago ficou com a cara verde, e a feiticeira com a cara amarela.

– M... m... mas isso significa – gaguejou Errônius – que nós não cumprimos nosso contrato.

– Muito pior – choramingou Tirânia –, até estragamos tudo o que tínhamos a nosso favor. Estragamos cem por cento!

– Então estamos perdidos! – vociferou Errônius.

– Socorro! – gritou a feiticeira. – Eu não quero, eu não quero ser penhorada! Veja, ainda sobrou um úl... úl... último copo de ponche para cada um de nós. Se o usarmos para desejar alguma coisa bem, bem ru... ruim, talvez ainda possamos nos salvar.

Os dois encheram seus copos uma última vez, com uma pressa sem tamanho. Errônius entornou a poncheira de fogo frio, para aproveitar até a última gota. Depois os dois esvaziaram seus copos de um só gole.

Começaram a falar hesitantes, mas nenhum deles conseguia expressar um desejo mau.

– Não dá – gemeu Errônius –, não sou capaz nem mais de desejar mal a você, Titi.

– Nem eu, Buzinho – lastimou-se ela –, e sabe por quê? Porque agora simplesmente somos *bons demais* para isso!

– Terrível! – lamentou ele. – Eu gortasia... gostaria... de voltar a ser ilguazinho ao que eu era antes, então não ter... teria mais plobrema.

– Eu também, eu também! – gemeu ela.

E, embora não tivessem feito esse desejo com rimas, a poção mágica o realizou. Imediatamente os dois voltaram a ser iguaizinhos ao que eram antes: maus de caráter e horríveis de aparência.

Mas não adiantou nada, pois o ponche dos desejos satanarquiasmonumentalcooliconchavolátil tinha se esgotado completamente. E o último copo derrubou-os de uma vez. Os dois caíram de suas cadeiras e se esborracharam no chão.

No mesmo instante, soou um toque potente de sino de bronze na poncheira vazia e ela se despedaçou.

Lá fora começaram a repicar os sinos de Ano-Novo.

— Meus senhores — disse o sr. Vérminus, que ressurgiu de repente, sentado na velha poltrona de couro de Errônius. — Acabou-se o prazo. Vim cumprir minha missão. Os senhores têm algo a declarar?

Um ronco em uníssono foi a única resposta que se ouviu.

O visitante levantou-se e percorreu com o olhar sem sobrancelhas o laboratório em completa desordem.

— Ora, ora — murmurou ele —, parece que os senhores se divertiram bastante. Mas, depois de acordar, já não se sentirão tão bem.

Ele pegou um dos copos, cheirou com curiosidade e o afastou, assustado.

— Anjo! — disse ele, jogando o copo para longe, com nojo. — Que aroma mais desagradavel! Dá para sentir imediatamente que alguma coisa não deu certo com essa bebida.

Ele balançou a cabeça e suspirou.

– Como é que alguém pode beber isso? Bom, na verdade hoje em dia não há mais conhecedores dessas coisas. Já está mais do que na hora de tirar essa gentinha incompetente do caminho.

O sr. Vérminus tirou de sua pasta preta alguns selos de penhora judicial, com a estampa de um morcego. Lambeu as costas dos selos e colou cuidadosamente um na testa de Errônius e outro na de Tirânia. A cada vez, ouviu-se um leve chiado.

Depois Maledictus Vérminus sentou-se novamente na poltrona de couro, cruzou as pernas e ficou esperando o correio infernal, que logo viria recolher os dois. Ele assobiava baixinho, satisfeito por ter cumprido sua missão.

Nessa mesma hora, Jacó Craco e Maurizio di Mauro estavam sentados um ao lado do outro no telhado da catedral.

Tinham voltado para lá, mas dessa vez sem a menor dificuldade, pois estavam revigorados. Felizes, eles viam as pessoas se abraçarem por trás dos milhares de janelas iluminadas. Observavam os inúmeros fogos de artifício que cortavam o céu da cidade e explodiam num turbilhão de cores brilhantes, enquanto ouviam comovidos o concerto dos sinos de Ano-Novo.

São Silvestre, que voltara a ser apenas uma estátua de pedra, observava do alto da torre, com um sorriso enlevado, todo o brilho festivo lá de baixo.

– Feliz Ano Novo, Jacó – disse Maurizio, com voz comovida.

– Igualmente! – respondeu o corvo. – Eu lhe desejo muito sucesso, Maurizio di Mauro.

– Isso está parecendo uma despedida – disse o gato.

– É – grasnou Jacó, com voz rouca. – É o melhor que temos a fazer na nossa situação, acredite. Se as coisas voltarem a ser como antes, gatos e pássaros serão novamente inimigos naturais.

– Sinto muito – disse Maurizio.

– Ora, esqueça – respondeu Jacó. – Está tudo em ordem.

Calaram-se por alguns instantes e ficaram ouvindo os sinos.

– Eu só queria ter notícias – manifestou-se finalmente o gato – sobre o que aconteceu com o mago e a feiticeira. Mas nunca vai dar para saber.

– Não faz mal – disse Jacó. – O importante é que tudo deu certo.

– Deu mesmo? – perguntou Maurizio.

– Claro! – matraqueou Jacó. – O perigo já passou. Nós, os corvos, sentimos essas coisas. Nunca nos enganamos.

O gato ficou pensativo por alguns instantes.

– De certo modo – disse ele então, baixinho –, quase chego a sentir pena dos dois.

O corvo olhou-o com ar severo.

– Agora faça o favor de pôr um ponto final nisso tudo!

Os dois se calaram e continuaram ouvindo o concerto dos sinos. Eles não estavam querendo se separar.

– Seja como for – retomou Maurizio, depois de um tempo –, com certeza vai ser um ano *muito* bom para todos... quero dizer, se em todo lugar aconteceu o mesmo que aconteceu conosco.

– Com certeza – concordou Jacó, pensativo. – Só que os seres humanos nunca saberão a quem devem agradecer.

– Os humanos não – concordou o gato. – Mesmo que alguém lhes conte, acharão que tudo não passa de um conto de fadas.

Mais uma vez fez-se um profundo silêncio, e os dois continuavam sem coragem de se despedir. Ficaram olhando para o céu estrelado, com a sensação de que ele nunca estivera tão no alto e tão longe.

– Pois é – disse Jacó –, são as coisas elevadas da vida, que até agora você não tinha experimentado.

– É – concordou o gato, sensibilizado –, são mesmo. De agora em diante vou conseguir comover todos os corações, não é?

Jacó mediu com os olhos o gato branquinho e aprumado e disse:

– Os corações dos gatos, com certeza. Para mim, basta poder voltar ao conforto do meu ninho, ao lado de minha Elvira. Ela vai ficar surpresa ao me ver assim, jovem e com esse fraque de primeira.

E Jacó ajeitou cuidadosamente com o bico algumas penas desalinhadas.

– Elvira? – perguntou Maurizio. – Diga-me com sinceridade, quantas mulheres você tem, afinal?

O corvo pigarreou, um pouco embaraçado.

– Ah, sabe como é, nunca se pode confiar em mulheres. Cada um de nós precisa ter uma boa provisão delas, senão acaba ficando sem nenhuma. E, quem não tem moradia fixa, precisa ter um ninho quente em cada lugar. Ora, você não entende dessas coisas.

O gato mostrou-se indignado.

– E nunca vou entender!

– Vamos esperar para ver, caro menestrel – disse Jacó, seco.

Os sinos ainda tocavam. O gato e o corvo continuavam sentados um ao lado do outro. Finalmente Jacó propôs:

– Agora devíamos ir ao Conselho Supremo para dar notícias. Depois, então, nossos caminhos se separam e vamos cuidar da nossa vida particular.

– Espere! – disse Maurizio. – Ao Conselho Supremo podemos ir mais tarde. Agora eu gostaria de cantar minha primeira canção.

Jacó olhou assustado.

– Sabia que ia acabar dando nisso – grasnou. – Mas para quem você quer cantar? Aqui não tem público e eu não entendo nada de música, nadinha.

– Vou cantar para São Silvestre – respondeu Maurizio – e em homenagem ao Grande Gato que está no céu.

– Vá lá – o corvo encolheu as asas –, se você acha mesmo que deve. Mas tem certeza de que alguém lá em cima vai ouvir?

– Você não entende nada, meu amigo – disse o gato, empertigado –, é uma questão de *nível*.

O gato deu mais uma rápida limpada na pele sedosa e brilhante, alisou o bigode, fez pose e, enquanto o corvo ouvia pacientemente, embora sem entender nada, pôs-se a miar sua primeira e mais linda ária para o céu estrelado.

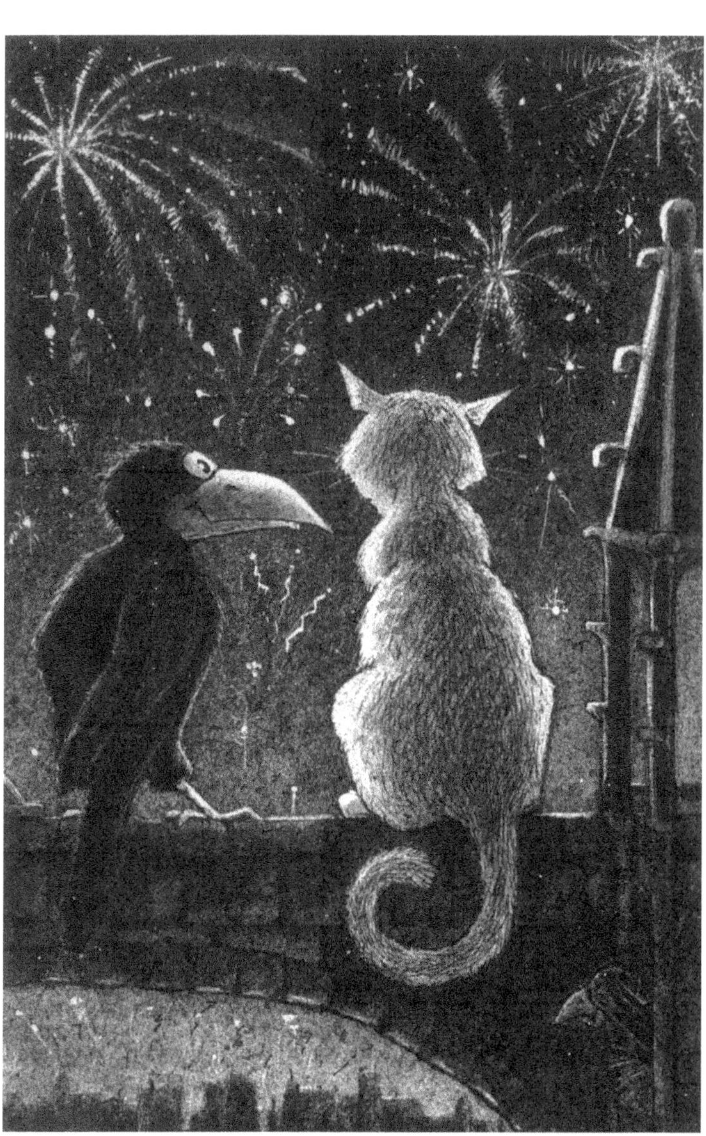

Como por encanto, inexplicavelmente, estava conseguindo se expressar com toda a fluência em italiano. E o gato cantou com melodiosa voz felina de tenor napolitano:

Tutto è ben' quell' che finisce bene...

Em português, isso significa:

TUDO ESTÁ BEM, QUANDO ACABA BEM.